때로는
간절함조차

아플 때가
있었다

나를 단단하게 만들어준 순간들에 관하여

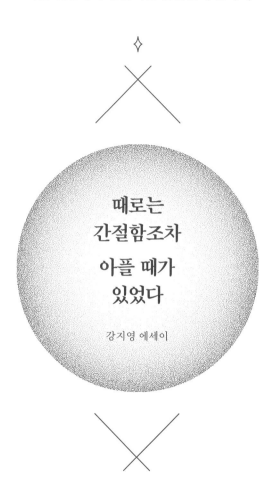

때로는
간절함조차

아플 때가
있었다

강지영 에세이

빅피시
BIG FISH

강지영 앵커와 함께한 인터뷰는 마치 야구 경기를 하는 듯했다. 야구
에서는 감독과 선수, 코치의 상호 이해와 결속이 곧 승리의 원동력이
다. 그동안 많은 공을 받아온 명포수 강지영 앵커가 그간의 깊은 경험,
직감과 순발력을 발휘하여 시작부터 끝까지 잘 리드한 시간이었다.

12년 만에 주말 〈뉴스룸〉 단독 앵커가 되기까지 좌절한 순간도 많았
을 것이다. 그러나 노력과 집념, 굽히지 않는 의지와 실행으로 버티고
견딘 10여 년의 시간. 역시 꿈은 희망을 품는 것에서 시작한다는 것을
스스로 증명한 셈이다. 지금까지 그래왔듯 앞으로도 항상 꿈과 목표를
가지고 계속 달려나가기를 응원한다

_김성근(야구 감독)

아나운서로서 강지영은 유난히 고민의 시간이 길었다. 초창기의 그는 내가 보기에도 좀 억울할 정도로 저평가되곤 했다. 그래서 입사 초기, 미처 못 마친 학위를 마치러 다시 미국에 돌아간다고 했을 때 어쩌면 그가 돌아오지 않을 수도 있다고 생각했다. 그러나 기우였다. 반년 후 그는 주저 없이 복귀했고, 이전과는 전혀 다른 사람이 돼 있는 듯했다. 떠나 있던 시간 동안 어떤 담금질을 거쳤을까. 굳이 물어보지는 않았다. 그의 절실함을 얼마간은 가늠하고 있었기 때문이다. 돌이켜 보면 신기한 일이기도 하다. "뉴스만은 안 된다"라고 이야기했던 강지영이 뉴스 앵커를 잘해내고 있으니. 그래서 그를 보면 세상에 도무지 안 될 일이란 없다는 생각도 든다. 그런 대전환의 과정이 이 책 안에 있다.

_손석희(JTBC 전 사장)

고민의 순간마다 답이 되어준 말,
"그래도 버티면 돼"

"벌써 방송 14년 차라고요?"

어느새 시간이 이렇게나 흘렀다.

꿈이 생기는 건 한순간이었지만, 꿈을 이루는 데는 오랜 시간이 걸렸다. 어떤 꿈은 이루는 데 수개월이 걸리는가 하면, 또 어떤 꿈은 수년의 시간을 필요로 했다. 간절한 꿈일수록 더 오래 기다려야 했다. 앵커가 되고 싶다는 꿈도, 글을 쓰고 싶다는 꿈도 그랬다.

나는 "기본기가 부족하다", "아나운서는 안 될 거다", "뉴스는 못 할 거다"라는 말을 숱하게 들었다. 평생 못한다는 말을 그토록 자주 들은 건 처음이었다.

안 좋은 평가, 떨어진 자신감, 기회가 주어지지 않는 상황에서 벗어나도록 답을 찾아야 했지만, 일도 사회생활도 처음인 내가 답을 찾기란 쉽지 않았다. 최선을 다한다고 해서 언제나 최선의 결과를 낼 수 있는 것은 아니었다.

'도망칠까?'

몇 번이고 고민했다. 하지만 힘들다고 도망치면 가장 상처 입는 것은 나일 것 같았다. 하루만, 한 달만, 1년만 더 견뎌보자는 마음으로 하루하루를 버티고, 또 버텼다.

...

아프리카에서는 강을 건널 때, 급류에 휩쓸리지 않기 위해 무거운 돌을 머리나 가슴에 지고 건넌다고 한다. 나는 그 이야기를 이렇게 받아들였다.

방황하는 시간에 휩쓸리지 않으려면, 무거운 고민을 지고 건너는 수밖에 없다고.

지금은 모든 게 무겁게 느껴져도, 그게 나를 휩쓸리지

않게 도와줄 거라고.

깊은 물 속을 지나기 위해서는 더 큰 무게가 필요했다. 때로는 너무 무거워 몇 걸음 걷지 못할 것도 같았다. 하지만 무게를 감당하는 힘이 생길수록 고민의 시간을 지나기는 점점 수월해졌다.

때로는 간절한 꿈일수록 마주하기 겁이 날 때가 있다. 글을 쓰는 일도 마찬가지였다. 그때마다 용기와 격려를 보내주신 외할머니를 생각했다. 출간 소식에 누구보다 기뻐하셨는데, 정작 책을 안겨드리지 못해 아쉽다. 그동안 곁에서 응원과 지지를 보내준 나의 가족들에게도 고마운 마음을 전하고 싶다.

고민의 순간마다 나에게 힘이 되어준 말을, 지금 어려운 시간을 견디고 있는 독자들께도 전하고 싶다. 버텨야하는 시간에는 버텨야만 한다고. 그러면 기회는 꼭 찾아올 거라고.

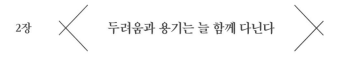

3장 아직 아무것도 늦지 않았다

부록 ✕ **조금씩 나를 성장시키는 시간의 법칙** ✕

1장

'꿈'은 '기다림'의
다른 이름이었다

오늘부터

시작하는
사람

한번은 인터넷에서 이런 글을 본 적이 있다. 글의 작성자가 자신의 고민을 조심스럽게 풀어놓았는데, 내용은 이러했다.

"이제 20대 중반인데 더 이상 어린 나이가 아니니 새로운 도전을 하기에 늦지 않았느냐"라는 물음이었다. 흥미로운 것은 글에 대한 반응이었는데 '저도 20대 중반에 다시 대학 들어가서 졸업하고 취업한 지 N년차예요', '서른 넘어서 다니던 직장 관두고 유학 왔어요. 진작 왜 안 왔나 후회할 만큼 너무 만족해요!', '20대 중반이면 아직 애기예요' 등 정말 많은 사람이 글쓴이의 고민을 지나치지 않고 격려를 듬뿍 담아 댓글을 남긴 것이다. 당시 나도 나이에 대한 생각을 많이 하던 때라, 훈훈한 댓글 덕에 좋은 기운을 얻었다.

　나는 스무 살이 되면 '진짜 어른'이 된다고 생각했다. 당시 혼자 썼던 글들을 보면 '앞으로는 책임 있는 어른이 되어야 해. 지금보다 더 성숙하게 생각하고 행동해야 해', '10대 때랑은 달라. 정신 차려야 해'와 같은 다짐을 적곤 했다.
　10대의 마음으로 스무 살을 바라볼 때는 엄청난 산 하나를 넘는다고 여겼던 것 같다. 하지만 그로부터 또 10년이 지나 20대를 정리하고 30대로 들어서면서도 비슷한 다짐을 했다. 차이가 있다면, 서른이 될 때는 상대적으로 조금 더 우울했다는 것이다. 특히 스물아홉의 마지막 한 달은 설명할 수 없는 막연한 불안에 시달렸다. 돌이켜 보면, 이제는 어리지 않다는 사회적 인식을 더 이상 거부할 수 없게 됐다는 점 그리고 이제 무언가를 시작하기에 늦은 것은 아닐까 하는 걱정 때문에 그랬던 것 같다. 서른 즈음 되면 인생을 여유 있게 바라볼 수 있을 거라 생각했는데, 기대하던 모습과 현실의 나는 많이 달랐다.

어쩔 수 없이 맞닥뜨리게 된 서른의 봄. 한 선배와 함께 한 저녁 자리에서 나는 한 것도 없이 나이만 들었고 시간이 너무 빨라서 무섭다고, 그래서 '아홉수'로 괴로웠다고 하소연했다. 그러자 선배는 이렇게 말했다.

"서른이면 다시 0살이네. 아직 마흔도 안 된 애송이구나!"

피식 웃음이 났다. 0살이라니, 묘하게 위로가 됐다. 그러면서 그동안 무엇 때문에 나이에 그렇게 연연했는지 의아했다. 지금의 내가 푸릇했던 20대의 날들을 그리워하듯 분명 마흔이 되면 서른을, 쉰이 되면 마흔을 그리워할 거라는 걸 그제야 깨달았다. 세상이 바뀐 것은 없었지만 오늘이 내 남은 인생의 가장 젊은 날이라는 것을 절감했다.

그날 저녁 집으로 돌아오면서 앞으로 10년 동안 어떤 일을 하면 멋진 마흔을 맞을 수 있을지 떠올렸다. 그러자 그동안 머릿속을 가득 채웠던 우울이 밀려나기 시작했다. 그리고 한편 이런 한순간의 깨달음이 내게 오기까지 지난 수개월 동안 고민하고 답을 찾는 과정이 반드시 필요했다는 것도 알게 됐다.

지난 몇 달 내내 나를 잠식했던 우울의 시간이 있었기에 덕분에 힘을 빼고 목적 없는 시간을 가질 수 있었고, 그 덕분에 다시 '아무렇게나 흘러가는 인생을 살지 말자'는 다짐도 할 수 있었다. 의미 없는 시간은 없었다. 그리고 오늘부터는 무언가를 시작해도 된다는 자신감이 조금씩 피어나기 시작했다.

。

힘든 순간마다 멈출 수는 없었다

하지만 인생은 하나의 답을 주면, 다시 두 개의 문제를 던진다. 피어오르려던 자신감은 주기적으로 찾아오는 문제로 인해 사그라지고 말았다.

주말 〈뉴스룸〉을 맡게 되면서 공교롭게도 몸 이곳저곳에 이상이 생긴 것이다. 홀로 뉴스를 이끌어야 한다는 중압감에 휴일에도 충분히 쉬지 못한 게 누적된 결과였다. 특히 가장 큰 문제는 허리였는데 치료를 받고 출근하는 게 일상이었다. 마음대로 되는 것이 없는 것처럼 느껴졌다. 〈정치부 회의〉 팀에 합류했을 때 목에 이상이 생겼던 기억이 떠오르면서 '왜 나는 열심히 하려고 할 때마다 어딘가 자꾸 고장이 나나' 싶어 속상했다. 허리가 아프니 100퍼센트의 컨디션으로 일에 집중할 수 없었고, 수면의 질도 나빠지면서 면역력에 이상이 생겨 염증 반응이 나타났다. 점점 작은 일에 예민해졌고, 주변 사람에게 불평불만을 늘어놓는 날도 늘었다. 나에게 화가 나기 시작했다.

그러다 우연히 SES의 〈달리기〉라는 노래 가사를 듣게 됐다.

"힘든가요. 지겨운가요. 숨이 턱까지 찼나요. 할 수 없죠. 어차피 시작해 버린 것을…"

상큼하고 발랄한 멜로디에 이토록 T스러운 가사라니. 들으며 피식 웃음이 났다. 그런데 계속 듣다 보니 이런 생각이 떠올랐다.

'그래. 어차피 멈출 수 없다면 관점이라도 바꿔볼까?'

너무 늦지 않게 허리가 고장 났으니, 더 늦기 전에 건강의 중요성을 알게 돼 다행이라고 생각을 바꿨다. 이번 기회에 근본적인 문제 해결을 하면 나중에 덜 고생하게 된다고 생각하니 전처럼 그리 나쁜 일처럼 느껴지지도 않았다. 또 일을 하다가 계획대로 진행되지 않거나 갈등이 생기면 '내가 지금 예민한 상태잖아. 시야가 좁아져서 내가 보지 못하는 걸 그 사람이 보는 것일 수도 있어'라고 마음을 열었더니 스트레스도 덜 받는 것 같았다. 생각하는 방향을 조금 틀었을 뿐인데, 몸과 마음이 긍정적으로 변화한다는 걸 느낄 수 있었다.

°

각자의 속도로 걷는다

사실 문제는 언제나 있었다.

신입 시절에는 신생 방송국이라 초반부터 혼자 깨우쳐야 했고, 알아서 잘해야 하는 상황이라 수없이 실수하고 넘어졌다. 하지만 일으켜 세워주는 사람이 없었기에 스스로 일어나는 법을 배웠다. 선배들이 없었기에 오히려 나 같은 신입 아나운서에게 더 많은 기회가 주어졌을 수도 있다.

세상을 바라보는 관점도 시간에 따라 변하지만, 그렇다고 나이가 든다고 해서 꼭 긍정적으로 변하는 것만도 아니다. 긍정적으로 생각하는 데도 노력이 필요하다. 하지만 노력을 통해 관점을 바꾼다면 인생을 좀 더 의미 있게 살아갈 수 있다. 재수해서 남들보다 늦게 대학에 입학하는 것, 취업, 결혼, 임신, 진급 등 으레 특정 시기에 기대되는 것들이 남들보다 늦어진다고 해도 곧 불행으로 귀결하지 않을 수 있다.

우리는 각자 다른 속도로 걷는다. 모든 꽃이 봄에만 피는 것은 아니듯, 내 인생은 겨울에 피는 동백꽃일 수도 있는 것이다.

창피당하기 싫어서,

쓸데없는 에너지를 쓰고 싶지 않아서,

이미 실패한 일에는 굳이 도전해 보고 싶지 않아서….

많은 사람이 갖가지 이유로 도전하는 것을 미루고,

준비를 준비한다.

완벽히 준비할 수 있을 때까지 말이다.

하지만 누군가는 그때 시작한다.

회계사가 되기를
포기하고

무작정 떠나온
이유

2011년 2월 14일, 한국.

'까짓것 해보지, 뭐.'

지원서 등록 버튼을 누르며, 나는 왠지 평생 잊지 못할 하루가 될 것 같다고 생각했다.

2010년 여름. 미국.

"입사 지원한 데 있어?"

"어디로 갈지 생각 좀 해봤어?"

대학 졸업을 앞두고 덜컥 겁이 났다. 이제 정말 사회의 일원이 된다는 중압감과 함께 진로 고민으로 머릿속이 복잡해졌다. 친구들은 모이기만 하면 누구는 어떤 회사에서 입사 제안을 받았다더라, 이번 주에는 어떤 기업의 취업 설명회가 있다더라, 취업 설명회에서는 이런 질문들이 오간다더라 하며 이야기를 나눴다. 모두의 관심거리는 단연 '취업'이었다.

나도 마찬가지였다. 취업 상담을 받고, 친구들과 모의 면접을 준비하고, 이력서도 업데이트하면서 취업 준비에 열을 올렸다. 나름대로 열심히 준비했지만, 준비할수록 내 이력은 어딘가 특별할 것이 없어 보였다.

특히 '굉장한 스토리'가 없었다. 외국인 친구들과 이야기하다 보면 다들 살면서 한 번쯤은 의미 있거나 재미있는 경험들이 있었고, 그런 경험을 통해 자신의 성장 포인트를 이야기로 풀어내는 모습이 인상적이었다. 하지만 나는 은 근히 소심한 성격 탓에 일탈이라 할 만한 일도, 무모한 도전도 기억나는 게 없었다. 스스로 무척 평범하다고 생각했다. 회계학을 전공했지만 정말 회계사가 될 수 있는지, 돼야 하는 건지도 확신이 서지 않았다. '이대로 괜찮을까? 뭐라도 더 해야 하는데…'라는 생각에 늘 불안했다.

엎친 데 덮친 격으로 미국의 취업 시장도 얼어붙고 있었다. 특히 시민권이나 영주권이 없는 유학생은 회사로부터 비자 지원을 받아야 하기에, 회사 입장에서는 추가 비용을 지불하면서까지 나를 채용해야만 하는 강력한 이유가 있어야 했다.

그런 상황에서 나는 어떻게 남들과 차별화할 수 있을까, 어떻게 하면 더 경쟁력 있는 지원자가 될 수 있을까 늘 고민할 수밖에 없었다. 하지만 고민이 길어질수록 답은 캠퍼스 안에 있는 것 같지 않았다. 그래서 캠퍼스 밖 세상을 경험하기 위해 휴학하기로 마음먹었다.

°

할 수 있는 건 오늘 할 일을 하는 것

유학생은 휴학을 하면 미국에 체류할 수 없었기에 혼자서 독단적으로 결정 내릴 수는 없었다. 부모님의 허락이 필요했다. 하지만 졸업을 한 학기 앞두고 갑자기 휴학을 선언하자, 부모님은 의아해하셨다.

학생일 때 할 수 있는 경험을 충분히 하고 진지하게 진로 고민도 하겠다고 했지만, 부모님은 마뜩잖아 하셨다. 나도 단번에 허락이 떨어질 거라고는 생각하지 않았다. 그때 부모님을 설득할 만한 카드를 꺼냈다.

"딱 1년만 휴학하면서 USCPA(미국 회계사 자격증) 시험을 준비할게요."

휴학을 선언하고도 내심 불안했던 터라 시험 준비라는 명분이 나에게도 필요했다. 또 만약 시험에 통과한다면 이력서를 한 줄 더 채우는 데 도움이 될 거라는 기대감도 있었다. 구체적인 목표를 제시하자 부모님은 휴학을 허락해 주셨고, 나는 한국으로 돌아왔다.

앞으로 내게 주어진 시간은 1년. 그리고 시험을 위해 공부해야 할 과목은 네 과목. 목표는 간단했다. 최단 시간 내에 시험에 합격하고, 나머지 시간을 원하는 대로 사는 것.

나는 목표를 위해 당장 수험 모드에 돌입했다. 강의 노트를 10번 보고, 문제집을 10번 풀고도 떨어진다면 회계사는 내 길이 아니라는 생각이었다. 합격을 위해 매일의 공부 분량을 정하고, 하루에 9~10시간씩 오로지 공부에 매달렸다. 결코 적지 않은 시간이었지만, 못할 것도 없었다.

애초에 머릿속에 그렸던 휴학 생활과는 거리가 있었지만, 시험에 떨어져 시간을 낭비했다는 기분은 느끼고 싶지 않았다. 시험 날이 다가올수록 불안했지만, 내가 할 수 있는 건 오늘 하루 해야 할 일을 하는 것뿐이었다. 결국 약 7개월 만에 회계사 시험에 합격했다.

°

인생의 도전을 결심하다

'자, 이제 무엇부터 해볼까?'

처음으로 주어진 온전한 자유 시간을 어떻게 보낼지 생각하니 들떴다. 짧게는 예를 들어, 새벽시장을 찾아 부지런한 상인들의 모습을 직접 관찰하기라든가, 길게는 홀로 로드 트립(장거리 자동차 여행)을 떠나볼까 했었다. 대부분 책에서 '죽기 전에 한 번쯤 해보면 좋은 경험들'로 추천하는 것이었다.

에너지 넘치는 스물셋. 게다가 '스펙보다 중요한 것은 스토리다'라는 신념을 갖고 있던 터라 무슨 경험이든 해보고 싶었다. 평범한 이력과 인생에 새로운 무언가가 필요했다.

그러던 어느 날, 외할머니로부터 전화가 왔다. 외할머니는 대뜸 내게 "MBC에서 아나운서 오디션을 한다던데 봤니"라고 물으셨다. 사실 채널을 돌리면서 스치듯 보긴 했지만, 나에게 해당되는 이야기가 아니라고 생각했다.

"할머니, 아나운서는 초등학교 때 꿈이었죠. 제가 무슨 아나운서예요."

하지만 (자신의 손녀는 남들과 다르다고 생각하시는 어느 할머니들처럼) 할머니는 꼭 한 번 지원해 보라고 신신당부를 하며 전화를 끊으셨다.

나는 당시 미국 회계사 시험 네 과목 중 두 과목 합격이 확정된 상태였고, 나머지 시험도 기분 좋게 마무리했기에 이변이 없는 한 무난하게 미국 회계사의 길을 걸을 수 있겠다고 생각하던 차였다. 하지만 전화를 끊고 난 뒤, 며칠 동안 할머니와의 통화 내용이 머릿속에 맴돌았다.

결국 나는 2월 14일, 인생에서 가장 큰 도전을 결심했다.

완벽한 타이밍을 기다리며 모든 순간을 피해왔다면

지금의 나는 없었을 것이다.

부서지고 깨지는 것은 당연한 것.

다만 직접 경험한 것이

나를 만들어줄 것이라 여겼다.

하지 않던
선택을 하고,

가지 않던 길을
가는 법

MBC 아나운서 오디션 프로그램인 〈신입사원〉에 참여 신청을 하고 며칠 뒤, 일산 드림센터에서 첫 면접이 열린다는 공고가 발표됐다.

　면접 당일, 나는 이미 접수해 두었던 대학생 연합 단체 행사에 참가해 오전부터 시간을 보내고 있었다. 오디션의 1차 면접은 오후에 예정돼 있었는데, 시간이 지날수록 여러 가지 생각이 피어나기 시작했다.

　'여기서 일산까지는 가려면 버스를 여러 번 갈아타야 하는데…. 날도 춥고 오전부터 나와 있었더니 너무 피곤하기도 하고…. 가봤자 1차에서 탈락할 확률이 높은데 그냥 가

지 말까?'

나는 가지 않아야 할 온갖 이유들을 떠올렸다.

하지만 마음 한편에서 '뭐든 경험해 보자고 했잖아. 이런 기회가 어디 있겠어. 떨어지더라도 스토리는 남을 거야'라는 생각이 지그시 고개를 들었고, 나는 행사 자리를 박차고 나와 일산으로 향했다.

우여곡절 끝에 도착한 현장에는 정말 많은 사람이 도착해 있었다. 그날 약 5,500명의 지원자가 모였다는 사실은 나중에 기사를 통해 알았다.

지원자 중에는 말끔한 정장 차림에 숙련된 솜씨의 메이크업을 한, 이미 아나운서 같아 보이는 사람도 많았다. 삼삼오오 모여서 시험에 대해 이야기하는 사람들, 손에 무언가를 들고 계속 읽는 사람들, 각자의 방식으로 목을 푸는 사람들… 다들 나름의 방식대로 면접을 준비하고 있었다. 그제야 나는 내가 어떤 자리에 와 있는지 조금씩 실감했다.

곧 현장 스태프가 내 수험 번호를 호명했고, 면접장으로 이동했다. '어차피 잃을 건 없어. 잘하려고 하지 말고 자신 있게 하자'라는 마음으로 면접에 임했다.

그럴 수밖에 없었다. 아나운서 학원에서 정규 과정을 거치며 모범 답안을 내는 지원자와 달리, 나는 학교를 다니며 취업 준비에만 집중했기 때문이다. 그런데 오히려 전형적이지 않은 모습을 몇몇 면접관들이 신선하게 봐주었다. 나중에 지원자들과 친해진 뒤 알게 된 사실인데, 내가 대기실에서 별 연습도 하지 않고 담담해 보여서 초반에는 '엄청난 실력자'라는 소문도 있었다고 한다.

지금 돌이켜 보면 '어떻게 아무것도 모르고, 실력도 없었는데 당당할 수 있었을까?' 싶지만, 20대 초반의 패기가 있어 가능하지 않았나 싶다. 그야말로 무식해서 용감했다.

오디션이 회를 거듭할수록 홀로 맹연습에 돌입했다. 신문을 집어 들고 발음 연습을 하고, 난생처음으로 거울 앞에서 입 모양을 살펴보기도 하며 현직 아나운서의 모습도 꼼꼼히 모니터링했다. 웹캠을 켜두고 내 모습을 녹화한 다음 다시 들어보며 특히 취약한 발음은 따로 표시해 반복하기도 했다.

평온해 보이던 모습과 달리 혼자 발버둥을 치면서도, 다른 지원자들에게 없는 나의 강점 즉, '잠재력'을 무기로 어필해야 한다는 것을 잊지 않았다. 자꾸 마음이 작아질 때는 '원석을 발굴'한다는 프로그램 취지를 되새기며 용기를 내려고 노력했다.

오디션에서의 마지막 미션은 뉴스와 라디오 진행이었는데, 특히 나의 취약성이 도드라지는 과제였다. 물론 이전보다 나아지긴 했지만 뉴스 리딩은 차원이 다른 문제였다. 단순히 뉴스를 읽는 것이 아닌 내용을 정확하게 전달해야 하기 때문에, 작은 디테일에서 실력의 차이가 도드라졌다. 다른 지원자들이 몇 달에서 몇 년 동안 쌓아온 기술을 몇 주 만에 따라잡기란 역부족이었다. 결국 4개월간의 고군분투 끝에 오디션 최종 8인에 들었고, 그것을 마지막으로 도전을 마무리했다.

°

기회는 기대하지 않은 순간에 온다

"여보세요. 강지영 씨 맞죠?"

"…누구세요?"

다짜고짜 모르는 번호로 걸려온 전화에 놀라 경계하는 목소리로 답했다. 나의 면접 과정을 지켜본 JTBC 상무로부터 면접을 보자는 제의였다.

MBC 오디션에서 뽑히지는 못했지만, 그 덕분에 나는 JTBC 신입사원 특별 채용 면접을 볼 수 있었고 결국 입사하게 됐다. 그 뒤로는 숱한 우여곡절을 거치며, 결국 어릴 적 꿈이었던 앵커가 되어 주말 뉴스를 진행하고 있다.

만약 첫 면접장에서 준비된 지원자들의 모습을 보고 겁이 나 그 자리에서 발길을 돌렸다면? 어차피 안 될 거라고 지레 짐작하고 일산에 가지 않았다면? 만약 할머니의 제안을 듣고도 '내가 무슨 아나운서야'라며 지원서조차 넣지 않았다면?

다른 만약의 경우는 수도 없이 더 늘어놓을 수 있다. 하지만 결론은 달라지지 않을 것이다. 지금의 나는 결코 없었을 거라는 것.

단 한 번 용기를 낸 것으로, 포기하지 않은 것으로 나는 내가 원하던 인생의 스토리를 만들 수 있었다. 하지 않던 선택을 하고, 가보지 않은 길을 걷는 것이 바로 그 시작이었다.

실수하면 어떤가.

실수하면 만회하는 법까지 배울 수 있으니

일석이조 아닌가.

실수하고, 또 실수해도 결국 이뤄내면

앞선 실수들은 그저 실수로만 남지 않는다.

성공을 위한 '과정'이 될 뿐이다.

불안을
이기는 것은

실행

미술 전시를 보러간 적이 있다. 전시의 마지막에는 관람객이 직접 작품에 참여하는 기회가 준비돼 있었는데, 별다른 설명 없이 그저 큰 테이블 위에 찰흙으로 된 구체 수십 개가 놓여 있었다. 몇몇 사람은 이미 의자에 앉아 찰흙을 굴리며 구를 만들고 있었고, 호기심에 이끌려 나도 의자에 앉아 구를 만들기 시작했다. 손으로 적당한 압을 활용해 집중해서 굴리고 또 굴려가며 열심히 만들었다.

초반에는 대충 구를 굴릴 생각이었다. 하지만 구를 굴리면서 되도록 완벽한 구를 만들고 싶어졌다. 이만하면 됐겠지 싶어 완성한 구를 탁자에 올려놓으면, 바로 어딘가 모난 부분이 눈에 들어왔다. 그럼 다시 구의 모난 면을 다듬었다. 두 번, 세 번, 네 번… 몇 번이고 반복해서 다듬어도 구는 완벽해지지 않았다. 불현듯 작가가 의도를 깨달았다.

'완벽한 구를 만들겠다고 하는 것은 어쩌면 신기루를 좇는 일 아닐까?'

우리는 많은 일에 '완벽'이라는 개념을 추구하지만, 아무리 애를 써도 아쉬운 부분은 있기 마련이다. 그래서 나는 '완벽한 타이밍'을 기다리거나, '완벽한 준비'를 하고 싶다는 욕심이 올라올 때면 그 순간을 떠올린다.

새로운 기회는 늘 불안을 동반한다. 매력적인 기회일수록, 그 기회로 인해 감수해야 하는 리스크도 커지기 마련이라 우리는 가능한 한 많은 준비를 통해 불확실성을 조금이라도 낮추려고 한다.

특히 요즘처럼 바쁜 시대에는 '효율'이 중요해서, 굳이 직접해 보기보다 타인의 경험을 찾아보며 미리 상황에 대비한다. 창피당하기 싫어서, 쓸데없는 에너지를 쓰고 싶지 않아서, 이미 실패한 일에는 굳이 도전해 보고 싶지 않아서…. 많은 사람이 갖가지 이유로 직접 도전하는 것을 미루고, 준비를 준비한다. 완벽히 준비할 수 있을 때까지 말이다. 하지만 누군가는 그때 시작한다.

°

'일단 해보자'는 마음

너무 많은 생각은 두려움을 낳는다. 두려움은 상상력을 먹고 자라 종종 상황을 왜곡해 내가 처한 현실보다 훨씬 더 두려운 상황으로 우리를 몰아세운다.

나도 아나운서 오디션 면접을 거칠 때, 점점 커지는 두려움 때문에 나약해졌다. 하지만 그럴 때마다 다른 지원자들보다 잘하려는 마음보다는 내가 가진 '발전 가능성'에 집중했고, 당장 내 앞에 놓인 과제를 바라보며 '일단 해보자'는 마음으로 단계를 돌파해 나갔다.

유명 브랜드 나이키의 캐치프레이즈를 누구나 알 것이다. "저스트 두 잇(Just do it)."

'일단 한다'라는 의미다. 이 문장은 '그럼에도 불구하고'라는 전제를 내포하고 있다고 생각한다. 그래서 나는 지금도 감성이 이성을 관장하려 하고, 두려움이 상황을 지배하려 할 때 이 문장을 먼저 떠올린다.

해야 하는 것 또는 하기로 마음먹은 것을 앞에 두고 두려움, 귀찮음, 지루함과 같은 감성적 생각이 행동을 주저하게 만든다. 모두가 공감하겠지만 사소한 예로, 저녁을 먹고 나서 밀려드는 포만감에 '아, 오늘은 운동하지 말까?'라는 생각이 들 때가 그렇다. 퇴근 후 저녁을 먹고 나면 당장 내일 출근할 생각에 머리도, 몸도 무거워지고 만사가 귀찮아지면서 슬그머니 자기 합리화와 타협의 유혹이 고개를 든다. 그래서 그런 말도 있지 않은가. 가장 먼 거리는 방 안에서 운동화를 신기까지의 거리라고. 그럴 때 필요한 것이 바로 일단 그냥 해보는 것. 겨우 몸을 일으키는 데 성공해 옷을 갈아입어 보지만 여전히 귀찮고, 하기 싫고, 피곤하다는 생각이 머리를 떠나지 않을 때 필요한 자세가 바로 일단 그냥 해보는 것.

흥미롭게도 일단 하기로 하고 옷을 갈아입다 보면 '옷도 갈아입었는데 일단 나가보자'라는 마음에서 '일단 밖에 나왔는데 조금이라도 걸어보자'라는 생각이 들고, 그 생각이 이내 '이왕 나온 것 제대로 운동하고 들어가자'까지 이어지는 경우가 많다는 거다.

그리고 운동을 마치면 시작하기 전에 느꼈던 일시적인

귀찮음과 피곤함은 사라지고, 그럼에도 불구하고 해낸 자신이 대견하면서 스스로 의지를 관장했다는 이름 모를 뿌듯함까지 느낄 수 있다. 이런 경험이 사소하게 느껴질지 모르겠지만 작은 성취의 경험이 모여 다시 이런 선택을 하게 하는 이유가 되어주고, 결국 자신감의 토대가 된다.

완벽한 타이밍은 오지 않을 수 있다

실제 일을 하면서도 이런 경우는 종종 생긴다. 아나운서 일을 시작하면서, 나는 준비되지 않은 상황에서도 기회가 올 수 있음을 자주 경험했다. 나로서는 경력이라고는 아나운서 오디션 방송이 전부였기 때문에 준비된 무언가가 전혀 없었다. 일의 모든 점이 새롭고 또 어려웠고, 이제 막 문을 연 방송국의 1기로 입사했기 때문에 당시 회사에는 체계적인 트레이닝 체계도, 멘토가 되어줄 선배도 찾기 어려웠다.

　눈치껏 어깨너머로 겨우 일을 배웠지만, 어렵게 배운 덕분에 오히려 확실하게 배울 수 있었다. 그리고 어떤 식으로 일을 익혀야 할지 나름의 방식으로 정리할 수 있었는데, 내가 체득한 발전의 과정은 이러했다.

시도한다.

→ 고민한다.

→ 실행한다.

→ 시행착오를 수정한다.

→ 다시 시도한다.

→ 고민한다.

→ 실행한다.

→ 시행착오를 수정한다. (…)

모든 발전은 하지 않으면 얻어지기 어려웠다. 시작을 해야, 고민이 생기고, 또 그럼에도 실행해야 더 나은 고민을 할 수 있었다. 돌아보면 '하지 말걸' 하는 순간보다 '해보길 잘했어'라는 순간들이 훨씬 많지 않은가? 또 실수하면 어떤가. 실수하면 만회하는 법까지 배울 수 있으니 일석이조 아닌가. 실수하고, 또 실수해도 결국 이뤄내면 앞선 실수들은 그저 실수로만 남지 않는다. 성공을 위한 '과정'이 될 뿐이다.

인생은 교과서에서 배운 대로, 기대한 대로, 심지어 계획한 대로 흘러가지 않는다. 오히려 뜻대로 되지 않는 게 인생이라는 점을 받아들이고, 오롯이 경험을 통해 직접 체득한 것들을 믿는 게 다른 사람의 경험을 듣는 것보다도 훨씬 중요하다.

특히 유튜브 등 SNS를 통해 간접 경험을 폭발적으로 할 수 있는 사회에서 더욱 우리는 무언가를 직접 경험할 때 수반되는 기회비용을 선뜻 지불하고 싶어 하지 않는다. 시행착오를 줄인답시고 타인의 경험에 귀를 기울이다 보면 남들의 기준에 휩쓸리기 쉽다. 그리고 타인의 경험을 바탕으로 머릿속으로 시뮬레이션하다 보면 '이렇게까지 해야 하는데 내가 할 수 있을까?', '실패하지 않을까?', '결국 이것보다 다른 일을 찾는 게 낫지 않을까?' 하는 잘못된 생각의 굴레에 빠지기 쉽다. 내 인생을 타인의 경험에 빗대어 결정해버리는 것이다.

실패를 원하는 사람은 없다. 누구든 완벽하게 준비가 됐을 때 시도하고 싶다. 하지만 인생의 많은 기회는 대부분 완벽하게 준비된 상황에서 주어지지 않는다. 아나운서 오디션에 도전했을 때도, 처음 생방송을 진행하게 되었을 때도, 현장에서 갑자기 취재하게 됐을 때도 준비된 상황이란 한 번도 없었다. 완벽한 타이밍을 기다리며 모든 순간을 피해왔다면 지금의 나는 없었을 것이다. 부서지고 깨지는 것은 당연한 것. 다만 이 모든 경험이 나를 만들어줄 것이라 여겼다.

물론 무작정 아무거나 시작하라는 극단적인 이야기를 하고 싶은 것은 아니다. 적어도 무언가 도전하고 싶다는 마음이 든다면, 일단 시작해서 헤쳐 나가는 과정 속에서 답을 찾겠다는 마음이 필요하다는 이야기다.

두려움이 상황을 왜곡하게 두지 말자. 일어나 일단 작은 것부터 도전해 보자. '완벽한 구'를 만들기 위해 계속 구를 굴릴지, 다시 새로운 구를 또 빚을지는 오롯이 나의 선택이다.

일으켜 세워주는 사람이 없었기에

스스로 일어나는 법을 배웠다.

선배들이 없었기에

오히려 나 같은 신입 아나운서에게

더 많은 기회가 주어졌을 수도 있다.

타인의
위로에

기대지 말 것

"아, 형님, 정말 못 쓸 정도라니까요."

휴게실에서 사물함을 정리하는데 옆방의 대화 소리가 들렸다. 짜증이 가득한 한 남자의 말을 들은 다른 남자는 차분히 설득했다.

"기회를 좀 더 줘봐. 시간이 지나면 나아질 거야."

하지만 흥분한 남자는 본인의 생각을 큰소리로 나열하며 마지막 말을 던졌다.

"강지영, 걔 진짜 엉망이라고요."

가슴이 철렁 내려앉았다. 쥐구멍에라도 숨고 싶은 기분에 당장이라도 방에서 나가고 싶었지만, 누구라도 마주치면 표정 관리를 못 할 것 같아 선뜻 나설 수도 없었다.

'앞에서는 다들 괜찮다, 잘한다 했지만 보여지는 말과 모습이 다가 아니구나. 적나라한 평가는 뒤에서 이루어지고 있었구나⋯.'

입사 2년 차에 발견한 씁쓸하지만 냉혹한 현실이었다.

일을 하면서 가장 어려운 것은 방송에는 정해진 답이 없다는 사실이었다. 대학에서 회계학을 공부한 이유는 하나였다. 명확하게 떨어지는 답이 좋아서 전공으로 선택했다. 심지어 내가 구한 값이 맞는지 확인할 수 있는 구체적인 방법들까지 있었다.

하지만 방송에서의 기준은 추상적이고 직관적이었다. 어떻게 해야 진행을 잘하고, 말을 잘한다고 인정받는지 알 수 없었다. 그에 반해 평가는 정확했다. 화를 내거나, 면박을 주거나, 슬그머니 자리를 없애는 식으로 나의 부족함을 평가받았다. 나아질 방법을 알아내는 것도 나 혼자만의 몫이었고, 그러다 보니 남의 평가에 더 귀를 기울일 수밖에 없었다.

조금 다르게 하면 튀려고 한다는 평가를 받았고, 무난하게 하면 재미없다고 평가받았다. 평가 내용에 따라 기분이 크게 휘청이는 날도 있었고, 가끔은 중심을 잃을 만큼 끙 끙대며 속을 태웠다.

비교적 어린 나이에 일을 시작했던 터라 항상 나보다 어른인 주변 사람들의 피드백을 가감 없이 받아들이려고 했던 것도 문제였다. 마음에 상처를 입어도, 아무렇지 않은 척했다. 하지만 아무렇지 않을 수 없었다. 누구의 말을 들어야 할지도 모호해졌다. 그제야 기준을 분명히 세워야만 흔들려도 다시 제자리로 돌아올 수 있다는 걸 깨달았다.

언제까지 결과에 일희일비할 수 없었고, 모두를 만족시킬 수 있는 정답은 애초에 존재하지 않았다. 그때부터 내 나름의 기준을 세워가기 시작했다. 예를 들어, 일에 관해서는 '상황에 따라 큰 틀에서는 자유롭게 진행하자. 단, 상대방이 난처하거나 불쾌할 만한 상황은 만들지 말자', '질문할 때는 되도록 간결하게 하자'와 같이 기본이 되는 기준들을 하나씩 세워갔다.

시행착오로 얻은 교훈은 기준의 토대가 되어주었고, 이런 과정을 반복하면서 조금씩 홀로 서는 방법을 터득해 나갔다. 혼자라는 것이 때로는 외롭고 힘들었지만 도망치고 싶지는 않았다. 시간이 쌓일수록 자신에 대한 확신은 점점 단단해져 갔다.

◦

믿고 의지할 건 나 자신뿐

오랜 시간 넘어지고 다시 일어서기를 반복하면서 어느 순간부터는 누군가의 평가, 심지어 위로에도 기대지 않을 수 있었다. 물론 긍정적인 조언을 해주시는 분들도 많았지만, 부정적인 피드백에 흔들리고 싶지 않았듯 기분 좋은 말에 들뜨고 싶지도 않았다.

아무리 냉철한 평가도 결국 한 사람의 주관적인 생각일 수밖에 없었다. 그러니 절대적인 것으로 확대 해석할 필요는 없다. 만약 내 일에 대해 부정적으로 말하는 사람이 있다고 가정할 때, 그 사람의 말이 사실이라는 근거가 타당하지 않다면? 근거가 타당해도 영원히 그 사람의 말에 계속 의지하여 일할 것인가? 하지 말라, 안 된다는 말을 듣고 그만둔다면 그다음은 누가 책임질 수 있지?

나는 아나운서가 되기 어려울 거라는 말을 숱하게 들었

다. 그중에는 경력이 오래된 방송계 선배들도 있었다. 하지만 나는 그들의 말에 괘념치 않고 일단 도전했고, 그 선택에 대한 대가를 치르며 여기까지 왔다. 만약 다수라고 여겨지는 의견을 따라갔다면 내 인생은 어떻게 됐을까? 타인의 의견은, 타인의 의견일 뿐이었다.

스스로 주관을 분명히 세우니 목소리를 내는 데도 두려움이 사라졌다. 내가 다치도록 내버려 두지 않게 되었고, 일도 더 효율적으로 진행할 수 있었다. 의사는 분명하게 밝히되 감정은 담지 않을 것, 유독 아픈 말이라고 느껴지면 이유를 살펴볼 것, 칭찬에 감사하는 마음은 갖지만 기대지 않을 것. 나를 지키기 위한 기준들을 하나씩 세워갔다.

물론 경력이 쌓이고 나도 신입이 아닌 선배의 입장이 되어보니 나에 대한 평가도 내가 한 '일(결과)'에 대한 평가이지, 나라는 '사람' 전반에 대한 평가가 아니라는 것도 알게됐다. 그렇게 생각하니 남들의 말을 좀 더 여유 있고 의연하게 받아들일 수 있었다. 이렇듯 시간만이 알려주는 것들이 있다.

선택을 책임지는 것은 결국 나 자신이다. 방송은 협업이고 내게는 팀원들이 있지만, 결국 사고가 났을 때 당장 믿고 의지할 사람은 나 자신뿐이다.

　일만 그럴까? 인생 전반이 마찬가지라는 생각이 든다. 그러니 남의 말에 기대지 않으려면 스스로의 인정으로도 충분한 내가 되어야겠다는 생각을 매일 더욱 하게 된다.

내가 나를 온전히 책임지겠다고 마음먹고 나니

홀가분한 기분이 들기도 했다.

스스로만 잘 책임지면 된다고 생각하니

오히려 자유롭기까지 했다.

안 될 이유를

먼저 찾게
된다면

"언제부터 아나운서가 되고 싶었어요?"

인터뷰를 하거나, 처음 만난 사람과 사담을 나누다 보면 빠지지 않고 등장하는 질문 중 하나다. 나는 이 질문을 받으면 정확한 시점보다는 장면 하나가 떠오른다.

초등학생 시절이었던 것 같다. 어느 날 밤, 마감 뉴스를 진행하는 아나운서의 모습이 눈에 들어왔다. 그때까지만 해도 뉴스는 어른들이 보는 것이라고 여겼던 터라 집중해서 본 적이 없었다. 그런데 그날, 세련되고 단정한 모습으로 담담하게 뉴스를 전달하는 모습이 멋지다고 생각했고, 나는 막연히 아나운서라는 직업을 동경하기 시작했다. 물론 여느 초등학생처럼 드라마 〈허준〉을 볼 때는 한의사가 되고 싶다며 한눈을 팔았고, 또 유학을 하면서는 현실적인 직업으로서 회계사를 준비하기도 했지만 늘 마음 깊은 곳에는 아나운서라는 꿈이 있었다. 그리고 우연한 기회로 참가한 오디션 프로그램을 통해 나는 어릴 적 꿈을 이룰 수 있게 됐다.

여기까지만 들으면 누군가는 '아나운서가 될 수밖에 없는 운명이었네!'라고 할 수도 있지만, 나는 늘 아나운서가 내 길이 맞을까 의심했다. 적어도 오디션에 응시하던 과거의 나는 이 길이 이렇게까지 험난할 것이라고 예상하지 못했다.

하지만 아버지는 나의 앞날을 미리 내다보셨나 보다. JTBC에 합격했다는 소식에 들떠 있던 나에게 "지영아, 아나운서가 된다는 것은 이제까지 공부한 걸 다 내려놓고, 전혀 새로운 길을 가겠다는 거야. 이건 엄청난 각오가 필요한 일이야. 뼈를 깎고, 피눈물 흘리는 날을 견뎌낼 각오가 있어야 해"라는 묵직한 조언을 해주셨기 때문이다.

나는 자신 있다고 했지만, 돌이켜 보면 그 말의 의미를 잘 알지 못했던 것 같다. 실제로 방송에 입문한 이후로 즐거움이나, 성취감을 느낀 날보다 쟁쟁한 프로들 사이에서 살아남기 위해 남몰래 눈물을 훔치는 날이 더 많았으니 말이다.

나만은 알고 있는 진실

막 개국하는 방송사에서는 당장 신입 아나운서들이 전면 투입됐다. 누군가는 뉴스를 맡고, 누군가는 예능을 맡고, 각자의 이미지에 맞춰 프로그램별로 미팅을 가졌다. 나는 MBC 〈신입사원〉이라는 예능 프로그램을 통해 얼굴을 알렸기 때문에 뉴스보다 예능과 교양 프로그램 위주로 미팅을 가졌다. 내심 뉴스를 하고 싶었지만, 준비되어 있지 않은 내가 하고 싶다고 할 수 있는 상황이 아니라는 것은 누구보다 잘 알았다.

한동안 예능과 교양 프로그램에서 다양한 경험을 쌓아나갔다. 하지만 마음 한구석에는 늘 아쉬움이 있었다. 그러던 어느 날, 오랜만에 만난 친구가 내게 물었다.

"그런데 너는 왜 뉴스 안 해?"

그 순간 당황했지만 에둘러 답했다.

"난 예능이 더 잘 맞는 것 같아. 회사에서도 그 방향으로 기회를 주려는 것 같고. 요즘에는 예능형 아나운서들이 더 활발하게 활동해. 뉴스를 꼭 해야 하는 것도 아니고…"

"하긴 그렇긴 하더라. 요즘 잘나가는 아나운서들도 뉴스 잘하는데 본인이 안 하는 거더라. 못 하는 게 아니라…"

친구는 별다른 의미 없이 내 말에 수긍해 주었지만, 나는 "못 하는 게 아니라"라는 마지막 말에 얼굴이 달아올랐다.

그 순간 나는 스스로 합리화해 왔다는 것을 알게 됐다. 〈여우와 신 포도〉라는 우화처럼 뉴스 대신 예능을 하면 되니까, 못 하는 게 아니라 안 하는 거라고 정신 승리를 해온 셈이었다. 아나운서의 기본은 뉴스라는 걸 알고 있으면서도 부족한 부분을 채우기보다 애써 덮어두었다는 걸 깨달은 것이 가장 창피했다.

∘

다시 기본으로 돌아가기까지

친구와의 짧은 대화는 내내 마음에 남아 긴 파장을 일으켰다.

'다시 처음으로 돌아가 기본기부터 다지자.'

나는 그날부터 오후 뉴스, 메인 뉴스의 원고를 프린트해 연습하기 시작했다. 뉴스를 볼 때도 타사 앵커들이 어떻게 뉴스를 전달하는지, 눈빛은 어떤지, 호흡은 언제 하는지, 어떤 습관들이 있는지 노트에 적어가며 연구했다.

벼락치기하듯 몰아서 많이 연습하기보다 매일 30분이라도 꾸준히 하자는 마음을 가졌다. 때때로 '이런다고 앞으로 뉴스를 할 수 있긴 할까'라는 회의가 들기도 했지만, 조금씩 앞으로 나아가고 있다고 믿었다.

물론 대외적으로 큰 변화는 없었다. 여전히 예능과 교양 프로그램의 작은 역할들이 주어졌다. 방송을 더 잘하고 싶고, 큰 역할도 맡고 싶었지만 좀처럼 돌파구가 보이지 않았다. 설상가상으로 마음은 급해졌다.

'이 길이 내 길이 맞는 걸까.'

그러던 차에 미래에 대해 좀 더 진지하게 고민할 시간이 필요하다는 걸 깨달았다.

내가 어디로 가고 싶은지 알기 위해서는,

지금 어디 있는지를 알아야 했다.

내가 무엇을 원하는지 알아야

원하는 것을 얻기 위해 필요한 것을 파악할 수 있고,

그런 생각들이 정리돼야만

그제야 어느 방향으로 어떻게 달려 나갈지

결정할 수 있기 때문이다.

버려낼
용기

미뤘던 졸업을 위해 휴직계를 냈다. 말은 '휴직'이었지만, 정말로 쉴 수 있는 건 아니었다. 6개월 안에 졸업하려면 정규 학기와 여름 계절 학기 동안 최대 학점을 들어야 했다. 꽤 까다로운 수업만 남아 긴장도 됐다. 하지만 회사 생활을 하는 것보단 수월하게 느껴졌다.

　복학 일주일 전, 다시 전공 서적을 훑어보았지만 3년 넘게 쉬었던 터라 기억나는 게 없었다. 누군가는 낙제만 안 하면 된다고 했지만, 왠지 오기가 생겼다. 성적까지 안 좋게 받는다면 정말 잘하는 게 하나도 없는 사람처럼 느껴질 것 같았다.

답이 있는 일과 답이 없는 일 사이에서

다시 영어로 수업을 듣는 것도, 낯선 친구들과 조별 과제를 하는 것도 쉽지는 않았다. 하지만 스스로에게서 할 수 있다는 가능성을 찾고 싶었다. 나를 지탱해줄 무언가가 필요했다.

사회생활을 하기 전에는 "공부가 가장 쉬웠다"라는 말에 공감하기 어려웠다. 그런데 답이 없는 일을 하면서 헤매다가 다시 공부를 시작하니, 의외로 할 만하다는 생각이 들었다. 시험도 주어진 범위에서만 나왔으니 그 부분만 준비하면 되었고, 시키는 것만 잘하면 적어도 못하지 않을 수 있었다. 그간 잔뜩 움츠렸던 마음이 다시 펴지는 듯했다.

동시에 한국에서의 일을 모두 잊고 싶었다. 뉴스는 물론 어떤 방송도 보지 않았고, 발음·발성 연습 등 일과 관련한 것은 조금도 하고 싶지 않았다.

공부는 열심히 한 만큼 결과가 나왔다. 졸업이 다가올수록 자신감도 붙었다. '한국에 돌아가면 내 자리가 있을까?', '다시 시작해도 상황이 달라지지 않으면 어떡하지?'라는 생각은 점점 '딱 1년만 더 해보자. 그래도 안 되면 그때는 아나운서를 그만두자'라는 생각으로 바뀌었다.

죽어라 했는데도 안 되면 내 길이 아닌 거라 생각했다. 후회 없는 1년을 보내보자는 마음으로 한국행 비행기를 탔다.

。

누구보다 나 자신에게 기대할 것

"사실 복직 안 할 줄 알았어."

돌아오지 않을 줄 알았다며 나의 복직을 의아해하던 이들도 있었고, 고작 6개월이었지만 회사의 분위기도 달리 느껴졌다. 하지만 가장 많이 변한 것은 나였다.

더 이상 고개를 숙인 채 바닥만 보고 다니던 내가 아니었다. 아직 아나운서로서 미숙한 점이 많기는 해도, 아무것도 할 줄 모르는 수준 미달의 사람이 아니라는 건 나 자신이 알고 있었다. 그리고 그때 포기하지 않은 결과로 지금의 순간을 맞을 수 있게 되었다.

"나 자신을 믿는 게 제일 어려운 것이다."

최고의 인터뷰이이자 앵커 중 한 명인 바버라 월터스의 말이다. 자기 자신을 믿기 위해서는 근거가 필요하다. 자신을 신뢰하기까지 아주 작은 일부터 차근히 성취해 나가야 한다.

처음에는 '내가 정말 할 수 있을까?' 했던 일들이 조금씩 큰 성취를 이뤄가다 보면 '이거라고 못할 것 있어? 저번에도 해냈잖아' 하고 자신감을 가지고 시도할 수 있다. 그러다 보면 어떤 순간에 굳이 '자신감'이나 '자존감'이라는 말을 꺼내지 않아도 이미 충분히 자신을 믿을 수 있다. 가끔은 당장 할 수 없을 것 같은 일도, 거짓말인 줄 알면서도 스스로 믿어보는 마음이 필요하다. 나는 내가 믿어주는 만큼 그 가능성을 펼칠 수 있을 테니까.

"잘되는 사람은 모두 비슷해 보이지만,

안 되는 사람에게는 저마다의 이유가 있다."

같은 일도 누구에게는 드라마가 되고,

누구에게는 핑계가 된다.

어떤 태도를 선택할지가

자기 몫일 따름이다.

◇

한 번은

기회가
온다

복귀한 후, 운명처럼 〈정치부 회의〉를 만났다. 지금의 내가 있기까지 많은 자양분이 되어준 프로그램이다.

처음 맡은 코너는 '40초 뉴스'였다. 말 그대로 40초 안에 (여당, 야당, 국회, 청와대의) 각 반장들이 전할 소식을 헤드라인으로 전하는 코너로, 당시 나는 오랜만에 다시 방송을 하게 되어 잔뜩 긴장한 상태였다. 얼핏 듣기에 1분도 아닌 40초라는 짧은 시간을 진행하는 것이 별일 아니라고 여길 수도 있다. 하지만 40초 안에 오독 없이 약 3개의 헤드라인 뉴스를 잘 전달해야 하는 역할이 꽤 큰 도전처럼 느껴졌다.

그런데 합류한 지 고작 2주 만에 목에 이상 증세가 나타났다. 잘하고 싶은 마음에 무리해서 연습하다 보니 성대에 이상이 생긴 것이다. 병원에서는 성대가 기본적으로 약한 데다 용종이 생겨서 목을 무리해 쓰다가는 성대 결절이 올 수 있다고 했다.

이제 막 시작했는데, 바로 일을 쉬어야 한다는 게 믿기지 않았다. 하지만 쉬는 것 외에는 별다른 방법이 없었고, 나는 제작진에 조심스럽게 양해를 구했다.

'이대로 다시 프로그램으로 돌아가지 못하면 어떻게 하지.'

결과적으로는 상태가 빠르게 호전돼 2주 뒤 다시 합류할 수 있었지만 쉬는 내내 마음이 불안했다.

한동안 큰 실수 없이 프로그램에 적응해 나갔다. 그러던 중 개편 시기가 다가오면서 내부적으로 현장을 보여줄 만한 코너가 필요하다는 데 의견이 모였다.

"고정은 아니고… 우선 한번 해보는 거 어때? 결과 보고 다시 이야기해 보자."

제작진은 반신반의하는 마음으로 현장 아이템을 나에게 제안했다. 고정이든 아니든 상관없었다. 새로운 것을 해볼 수 있다는 생각에 기쁜 마음으로 하겠다고 답했다.

현장에 나가본 적은 있지만, 짧은 리포팅 정도를 경험한 것이라 현장을 취재해 5분 분량으로 진행하는 것은 처음이었다. 하지만 이미 할 수 있다고 말했고, '아나운서'로서도 잘할 수 있다는 것을 증명하고 싶었다. 게다가 뉴스 진행뿐 아니라 현장 취재 능력까지 갖춘다면 분명 나중에 도움이 될 거라고 생각했다. 대체 불가능한 사람이 되고 싶었다.

초반에는 시민들에게 인터뷰를 단번에 거절당하기 일쑤였고, 사람들이 많은 곳에서 자연스럽게 리포팅하기도 쉽지 않았다. 또 현장에서 예기치 못한 상황이 벌어지거나 갑자기 비가 내려 잠깐 촬영을 쉬어가야 할 때가 생기는 등 상황은 매번 변했다. 하지만 원고에 쓰인 것 이외에 무엇을 할 수 있을지 고민하고, 현장의 변수에 대처해 나가면서 매일 하나씩 배웠다. 이 코너가 다른 방송과 어떤 차별화를 가질 수 있을지 제작진들과 함께 논의하고, 어떤 구도로 진행해야 현장을 더 생동감 있게 담을 수 있을지 시도해 보면서 자신감도 생겼다.

세상에 쓸모없는 경험은 없었다. 6년 동안 〈정치부 회의)를 하면서, 코너를 맡기 전의 나와 맡은 후의 나는 완전히 달라져 있었다.

'꿈'은 '기다림'의 다른 이름이었다

그렇게 〈정치부 회의〉를 거쳐 〈썰전 라이브〉를 진행하던 어느 날, 보도 부문 대표께 연락이 왔다.

"〈썰전 라이브〉는 아무래도 개편이 될 것 같다. 그동안 고생했다."

개편 시기이니 어느 정도 예상했던 터라 크게 놀라진 않았다. 그런데 그때 예상치 못한 이야기를 들었다.

"그리고… 네가 주말 뉴스를 맡았으면 한다."

순간 멍했지만 짧게 "네. 알겠습니다"라고 대답했다. 딱히 다른 말이 생각나는 것도 아니었다. 대표님은 예상외로 차분한 반응에 놀란 눈치였다. 실제로도 놀랄 만큼 마음이 차분했다.

'드디어 기회가 왔다.'

더 이상 방송을 망칠까 봐 두려워하던 내가 아니었다.

잘해낼 자신이 있었다.

앵커가 됐다는 소식에 많은 사람이 응원과 격려의 메시지를 보내주었다. 오랜 시간 나를 보아온 어떤 선배는 '인간 승리'라며 축하해주기도 했다.

2022년 11월 19일. 주말 〈뉴스룸〉 첫 오프닝을 하러 들어가면서야 실감이 나기 시작했다. 12년 동안 '처음부터 끝까지 프로그램을 홀로 이끌어가는 아나운서'가 되고 싶었던 꿈이 이루어지는 순간이었다.

결과적으로는 아버지의 말이 맞았다. 뼈를 깎는 시련으로 인한 고통과 눈물 흘리는 날들의 결과로 지금의 내가 되었다. 기본적인 발성이 되지 않고 발음마저 어색해 핀잔을 받던 나, 돌발 상황에 벌벌 떨던 스스로를 의심하던 시간에도 꿈을 놓지 않았기에 끝내 이룰 수 있게 되었으니 말이다.

돌아보면 어려운 길이 가장 쉬운 길이었고,

돌아가는 길이 가장 빠른 길이었다.

2장

두려움과 용기는
늘 함께 다닌다

노력하는
하루에

실패는 없다

더 나은 사람이 되고 싶다는 생각에는 왜 끝이 없을까?

　요즘처럼 빠르게 변화하고, 경쟁이 더 치열해지는 세상에 살다 보니 자기계발의 필요성을 더 많이 느끼게 된다. 특히 예전에는 '엄마 친구 아들'과만 비교당하면 되었는데, 이제는 SNS를 통해 지구 반대편에 사는 사람과도 비교가 가능하다. 그리고 그들을 보면 이런 생각이 든다.

　'세상에는 정말 잘난 사람들이 많구나.'

　그뿐 아니라 우리는 이전보다 더 많은 욕망을 품도록 자극받고 있다. 욕망은 그 자체로 문제되지 않는다. 욕망은 욕심과 다르다. 아무런 노력을 하지 않으면서 욕망하는 것은 욕심이다. 노력하지 않으면서 더 많은 것을 원하고, 더 나은 내가 되기를 바라는 건 욕심이다. 그런 욕심은 결국 삶을 불행하게 만든다. 그러면 우리의 선택지는 간단하다. 욕망을 버리거나, 욕망에 맞춰 노력하고 발전해 나가거나.

나는 자기계발이란 궁극적으로 '오늘보다 조금 더 나은 내일의 내가 되기 위한 노력'이라고 생각한다. 조금씩 더 나아지고 싶다는 욕망이 자기가 추구하는 목표를 향해 나아갈 때 벌어지는 모든 과정이 그 일환인 것이다.

프리랜서든 정규직 직원이든 고용된 형태와 업의 종류는 모두 다르지만 결국 우리는 자신이 가진 재능을 드러내고 이에 대해 가치를 부여받는다. 그런데 가치는 내가 정하는 게 아니라 사회적인 기준으로 형성된다. 철저히 시장 논리에 따르는 것이다. 내가 아무리 '저는 이 정도의 가치를 가진 사람이에요!'라고 외쳐도 사회적으로 인정받지 못하면 나의 재능은 온전히 제힘을 발휘할 수 없다. 그러니 경쟁력을 유지하기 위해서는 노력을 멈출 수 없는 것이다.

。

'있는 그대로의 나를 사랑하라'는 말의 함정

자기계발의 필요성을 아는 사람은 많다. 하지만 꾸준히 실천하는 사람은 적다. 나는 그 이유가 결국 간절하지 않기 때문이라고 생각한다.

거울에 비친 내 모습이, 내가 일하는 방식과 성과가, 삶을 대하는 태도가 그런대로 괜찮다고 생각하기 때문에 구태여 변화를 주지 않는 것이다. 사람은 원래 변화를 싫어하고, 관성에 익숙한 동물이다. 살던 대로 살다가 큰 계기를 만나지 않는 이상 변화를 꾀하기 어렵다.

또 사람은 마음이 동해야만 움직인다. 곁에서 아무리 조언을 해도 쉽게 결심하지 않는다. 하지만 이대로는 괜찮지 않다는 것을 객관적으로 확인하는 순간 '내가 무슨 근거로 지금까지 괜찮다고 생각했던 거지?' 혹은 '내가 잘한다고 생각했던 수준이 겨우 이 정도밖에 안 되는 거였나?' 하고 통렬하게 깨닫는다.

이때 사람은 변화를 결심한다. 고집이 세든 약하든, 의지가 강하든 약하든 '스스로' 느껴야만 움직인다. 자기계발과 관련된 영상을 보는 사람은 많지만, 정작 변하는 사람이 적은 이유도 바로 거기에 있다고 생각한다.

우리는 '있는 그대로의 내 모습을 사랑하자'라고 자주 말한다. 하지만 그 말에는 약간의 함정이 있다. 이 말의 원래 의미는 남과 비교하지 말고 자신의 모습 그대로를 사랑하자는 뜻일 것이다. 하지만 가끔은 그 말에 기대서 자신의 부족함과 게으름을 합리화하고 있는 것은 아닐까? 적당한 수준의 노력을 하고 난 뒤에 '잘하지 못해도 괜찮아. 있는 그대로의 나를 사랑하라고 했어'라고 생각하거나, 대화할 때 표현 방식에 문제가 있어도 '괜찮아. 있는 그대로의 내 모습을 이해해 주는 사람을 찾으면 돼'라고 합리화하는 것은 아닐까?

있는 그대로의 모습을 사랑하라는 말이 제대로 된 노력도 해보지 않은 자신을 사랑하라는 뜻은 아닐 것이다. 정말 자신을 사랑하는 사람이라면 건강하지 못한 스스로에 대해 만족하기 어렵다. 오히려 자기 자신에게 있는 힘껏 노력해 보고 거듭된 시행착오를 극복하며 성취감을 맛보는 경험도 하게 해줘야 하지 않을까?

물론 나도 그 말에 기대어 적당히 편한 상황에서 안전한 도전만을 하던 시절도 있었다. 하지만 남은 속여도 나 자신은 알고 있다. 순간은 모면할지라도 결국 얻을 수 있는 게 없다는 것을.

할 수 있는 최선의 방법으로 매일 새로운 나를 발견하고, 잠재된 능력을 깨우는 과정이 때로는 힘들고, 지쳐도 진정 나를 사랑하는 방법일 것이다. 생존을 넘어, 삶에 자기계발이 꼭 필요한 이유다.

실수를 해도 내 인생은 멈추지 않는다는 것

그리고 그걸 해결해야 하는 것도 나 자신뿐이라는 것.

결과를

내는
사람

막 입사해서 신입사원 오리엔테이션을 하던 중에 한 PD 선배가 이렇게 말했다.

"너희들 이제부터 돈을 받고 일하는 프로야. 사회에서는 자기 몫의 역할을 반드시 해내야 돼."

첫 사회인이 된 신입사원들에게 아마추어의 마음을 버리고 제 역할을 해내길 바라는 선배의 조언이었다. 이 말이 정확히 무슨 의미인지 당시에는 제대로 알 수 없었지만 그래도 선배의 말을 들으며 한 회사의 구성원으로서 내 몫을 해내야 한다는 책임감이 들었다. 그리고 언젠가는 '진짜 프로'가 꼭 될 거라고 다짐했다.

그런데 사회생활을 하면 할수록 머릿속에서는 이런 물음이 떠나지 않았다.

진짜 프로란 무엇일까?

프로와 아마추어를 구분 짓는 것은 뭘까?

진정한 프로가 되려면 어떻게 해야 할까?

흔히 프로라고 하면 경력이 많거나 오래된 사람, 실력이 뛰어난 사람을 떠올릴 것이다. 그런데 일을 하며 여러 사람을 보면서 프로와 아마추어를 구분 짓는 가장 큰 차이는 '태도'라고 생각하게 됐다. 일을 바라보는 태도, 일을 대하는 태도, 일을 해내는 태도 말이다.

。

프로는 결과로 말한다

'야구의 신'이라 불리는 김성근 감독을 인터뷰한 적이 있다. 김성근 감독은 여든이 넘은 나이에 무려 60년 간 야구에 인생을 바쳤음에도 '아직도 야구를 잘 모르겠다'라고 말했다.

최선을 다해 팀을 수차례 우승시키며 최고의 자리까지 가본 이가 이런 말을 한다는 것 자체가 놀라웠다. 오히려 감독이라기보다 마치 최고의 경지를 좇아 끊임없이 탐구하고 고민하는 장인처럼 느껴졌다. 그리고 그 모습을 보면서 내가 막연하게 추구하던 '진짜 프로'의 모습이 이것 아닐까 하는 생각이 들었다.

김성근 감독이 출연하고 계신 〈최강야구〉 프로그램을 보면, 감독은 그 존재만으로 주변의 공기를 달라지게 만드는 이였다. 평소 선수들에게 말을 많이 하지도 않았다. 그저 팀을 승리로 이끌기 위해 묵묵히 고민하고, 직접 훈련장에 나가 선수들에게 공을 던져주고, 자세를 고쳐줄 뿐이었다. 백 마디의 말보다 무거운 행동이었다. 프로란 결국 결과로 많은 말을 대신해야 한다는 걸 누구보다 잘 알고 계시기 때문이리라.

김성근 감독의 어록 중 "돈 받으면 프로다"라는 말이 있다. 프로라면 얼마를 받든 액수를 떠나 일에 대한 책임을 갖고 해내야 한다는 의미다. '적게 일하고 많이 버세요'라는 덕담을 주고받는 사회에서 이 한마디가 많은 사람에게 울림을 주고 회자된다는 것은 사실 신기한 일이다. 물론 자본주의 사회에서 돈은 중요하다. 내가 하는 일에 대한 합리적인 대가를 받는 것이 곧 나의 가치를 증명받는 수단이기 때문이다. 그래서 받는 돈만큼 나의 노동력을 효율적으로 설정하는 것이 미덕으로 여겨지고는 한다.

하지만 받은 만큼 일한다고 가정했을 때 우리는 가진 것이상을 발휘하기 어렵다. 오히려 다른 조건과 상관없이 스스로 가치를 최대한 발휘하고, 세상에 나의 필요를 증명했을 때 돈은 따라오는 법이었다.

만약 돈만을 좇았다면 밤낮없이 열심히 일에 매달리는 것이 억울했을 수도 있다. 하지만 내가 임하고 있는 일을 완벽하게 해내고 싶다는 마음, 프로그램을 함께하는 동료들에 대한 책임감을 항상 떠올리며 매 순간 진심으로 일을 대하기 위해 노력한다. 한순간도 후회하지 않도록 말이다. 그리고 김성근 감독과의 인터뷰는 나의 이런 생각이 틀리지 않았다고, 잘하고 있다고 말씀해 주시는 것 같아 내내 마음에 깊이 남았다.

。

문제를 남에게 미루지 마라

생방송을 진행하다 보면 종종 크고 작은 사고가 일어난다.

아마 가장 빈번하게 발생하는 기술적인 사고 중 하나가 바로 프롬프터와 관련된 것이다. 뉴스는 미리 정해진 큐시트에 따라 약속된 흐름으로 진행된다. 앵커는 약속된 멘트를 전달하고, 제작진은 그에 맞는 자막이나 영상, 음향 효과를 넣는 등 각자의 역할을 한다. 서로 제 역할을 충실히 이행해야만 생방송은 사고 없이 진행된다. 그런데 프롬프터가 갑자기 꺼지거나 순서에 맞지 않는 멘트가 올라오면 모든 스태프는 비상이 걸린다.

하지만 이런 상황에서도 각자 맡은 역할 가운데 문제를 해결할 방법을 찾아야 한다. 프로 방송인이라면 자연스럽게 애드리브로 대처해 다음 상황으로 이어 나가야 한다. 이때 "프롬프터가 갑자기 꺼져서 멘트를 이어 나갈 수 없다"라거나 "프롬프터에 이상이 생긴 것은 내 잘못이 아니다"라고 말할 수 없다. 엄밀히 말해 기술적인 사고는 앵커가 책임질 영역은 아니다. 하지만 카메라 앞에서 시청자를 대면하는 것, 빠른 판단력으로 상황을 인지하고 순발력 있게 해결해 나가야 하는 것은 결국 앵커의 몫이다.

카메라를 속일 수는 없다. 뼛속까지 방송인이 되지 않으면 얼마 안 가 금방 바닥이 드러난다. 카메라 앞에서 그럴

듯하게 연기하고, 순간을 모면한다 해도 그 이면의 수많은 눈을 속일 수는 없다. 위기 상황에 직면했을 때 누군가가 대신 문제를 해결해 줄 것이라는 기대 대신 스스로 답을 찾을 줄 알아야 사회인으로서 제 몫을 하는 것이다.

◦

자기 몫의 일을 해내기 위해

그렇기에 일할 때 스스로 가장 경계하는 자세이자, 협업할 때 피하고 싶은 유형이 바로 수동형 인간이다.

한 번은 제작진으로부터 한 코너의 원고를 받고 화가 난 적이 있다. 비문이 즐비하고, 전달해야 하는 내용은 필요 이상으로 길었으며, 같은 이야기를 반복하는 문장들도 많았다. 원고대로 진행할 수 없다는 판단이 들었다. 하지만 일의 영역이 분리돼 있기 때문에 원고 내용에 대해 수정을 요구하는 것은 조심스러운 일이었다. 자칫하면 감정싸움으로 번질 수도 있었기 때문이다.

나는 이때 어떤 선택을 할 수 있을까. 수동적으로 받은 원고를 읽고 방송을 마칠 수도 있었다. 어차피 내 역할은 전달자였으니, 주어진 내용을 잘 전달하기만 해도 되는 일이었다. 하지만 나는 성의 없는 원고를 읽는 내 모습을 보여주고 싶지도, 남기고 싶지 않았다. 두고두고 후회할 것 같았다.

결국 그 자리에서 원고 수정이 필요할 것 같다고 담당자에게 양해를 구한 뒤, 직접 원고를 꼼꼼히 읽어가며 수정했다. 이런 나의 태도에 관해 누군가는 깐깐하다고 말할 수도 있고, 아나운서이면서 남의 일에 지나치게 개입한다고 생각할 수도 있다. 하지만 프로라면 내가 무슨 일을 하고 있고, 무엇을 말해야 하는지 정확하게 알아야 한다. 방송이 어떻게 가닿을지도 생각해야 한다. 그렇지 않으면 아나운서란 '앵무새'로 전락할 수밖에 없기 때문이다.

이렇게 일하는 방식이 누군가에게는 불편한 일일 수도 있다. 하지만 나는 남에게 좋은 평가를 받기 위해 일하는 게 아니다. 나는 좋은 방송을 만들기 위해 일하고 있고, 그것이 내가 해야 할 일이다.

같은 일을 해도 누가 하느냐에 따라 결과는 천차만별이다. 일에 대한 목적의식이 분명하고, 목적을 달성하기 위해 무엇을 어떻게 더 해야 하는지 고민하는 사람이 결국 성장한다. 왜냐하면 그래야 주어진 역할 이외에 감당해야 할 일을 고민할 수 있기 때문이다.

진행만 생각하는 아나운서가 있는가 하면, 방송의 처음부터 끝까지 큰 그림을 그리는 아나운서도 있을 것이다. 일부를 보는 사람과 전체를 보는 사람의 일하는 방식이 같을 수는 없다.

내가 하는 일에 스스로 책임을 지겠다는 마음, 그러면서도 언제나 배우려는 마음으로 일을 대할 줄 안다면 누구나 프로라고 불릴 수 있지 않을까?

나는 종종 신입사원들을 만나면 이렇게 조언한다.

"너희들 이제부터 돈을 받고 일하는 프로야. 사회에서는 자기 몫의 역할을 반드시 해내야 돼."

프로의 세계에 입문한 것을 축하한다.

욕망은 그 자체로 문제되지 않는다.

욕망은 욕심과 다르다.

아무런 노력을 하지 않으면서 욕망하는 것은 욕심이다.

노력하지 않으면서 더 많은 것을 원하고,

더 나은 내가 되기를 바라는 건 욕심이다.

그런 욕심은 결국 삶을 불행하게 만든다.

그러면 우리의 선택지는 간단하다.

욕망을 버리거나,

욕망에 맞춰 노력하고 발전해 나가거나.

잘하고 싶은
마음이

좋아하는
마음으로

아나운서가 된 후에 하게 된 가장 큰 고민은 내가 어떤 아
나운서가 되고 싶은지가 분명하지 않다는 것이었다. 그러
니 하고 싶은 프로그램 성격도 뚜렷하지 않았다.

　예능을 하고 싶은 건지, 교양 프로그램을 하고 싶은 건
지 혹은 뉴스를 진행하고 싶은 건지 원하는 것을 알지 못
했다. 많은 전문가는 "진짜로 좋아하는 일을 하라"라고 이
야기하지만, 답을 찾으려고 할수록 혼란스러웠다. 다른 이
들은 이 일을 정말로 좋아하고 원해서, 명확한 목표를 향
해 한 걸음 한 걸음 계획대로 실행하는 것처럼 보였다. 그
자체가 재능 같았고, 그 열정이 부러웠다.

아나운서가 되기 전에는 간절하게 아나운서가 되고 싶다는 생각에 나에게도 그런 열정이 있는 줄 알고 설렜다. 그런데 막상 원하던 일을 이루었는데도 오히려 길을 잃은 사람처럼 고민하는 나 자신을 보면서 뭔가 잘못됐다고 생각했다. 이 일에서도 답을 찾지 못한다면, 다른 일로는 답을 찾기 더 어려울 것 같았다. 가만히 있을 수 없었다. 그래서 뭐든지 해보자고 결심했다.

○

경험이 알려주는 것들

경험이 쌓이면 나 자신에 대해 좀 더 알 수 있을 거라 생각했다. 예를 들어, 진행 방식이 정형화된 프로그램을 해본 후에 나는 주어진 원고를 정확히 전달하는 프로그램보다는 즉흥적으로 진행하거나 자유로운 형식의 진행을 더 선호한다는 것을 알게 됐다. 적어도 경험을 통해 좋아하는 것을 알긴 어려워도, 싫어한다는 것만은 비교적 쉽게 가릴 수 있었다. 좋아하는 일을 찾을 수 있다면 더 좋았겠지만, 싫어하는 선택지를 제거해 나가는 것도 꽤 괜찮은 방법이었다.

다른 방송인들과 마찬가지로 아나운서도 결국 선택받아야 하는 직업이다. 신규 프로그램이 기획되면 PD, 작가 등 제작진들이 회의를 통해 출연자를 확정한다. 그러고 나면 물망에 오른 출연자에게 제의하는 형식으로 프로그램이 꾸려진다. 즉, 우선적으로 출연자에게 선택권이 주어지지 않는다는 이야기다.

예전의 아나운서라면 뉴스, 교양, 예능, 라디오 프로그램 중 자신에게 잘 맞는 분야를 목표로 커리어를 쌓는 게 일반적인 과정이었다. 하지만 지금의 방송 환경은 달라졌다. 특히 '아나운서'만이 가진 경쟁력은 이전과 확연히 다른 평가를 받는 게 분명했다. 그러다 보니 나는 배우가 작품을 통해 연기력을 증명해 내듯, 아주 작은 역할일지라도 방송을 통해 경쟁력을 보여줘야 한다고 생각했다.

그렇게 생각하니 모든 방송이 나를 증명해 보이는 자리였다. 아무리 작은 역할일지라도 마찬가지였고, 그러니 최선을 다할 수밖에 없었다. 그리고 이런 태도는 예기치 못한 결과로 이어지기도 했다.

지켜봐 주는 단 한 사람이 있다면

한 교양 프로그램에서 작은 코너를 진행할 때였다. 추운 겨울날, 이색 취미인 '빙벽 등반'을 소개하는 방송이었다. 함께 차를 타고 이동하는 길에 PD는 나에게 고소공포증이 있는지, 빙벽을 타본 적이 있는지 물었다. 그러고는 현장에서 잠깐 빙벽을 탈 수도 있다고 설명했다. 다행히 고소공포증은 없었기에 나는 최선을 다 해보겠다고 씩씩하게 대답했다.

그런데 막상 현장에 도착해 보니 빙벽이 생각보다 높았다. 건물로 치면 4~5층 정도의 높이는 족히 돼 보였다. 빙벽 등반이 처음인 데다 겁도 났지만 남들은 취미로도 하는 것, 못할 것도 없어 보였다.

전문가에게 기본적인 안전 수칙을 익히고 장비를 착용한 후, 낮은 빙벽에서 연습한 뒤 본격적으로 빙벽 등반을 시작했다. 해가 지기 전에 촬영을 마쳐야 하니 시간이 많지 않았다.

어설프지만 배운 대로 조금씩 올라갔다. PD는 "너무 높이 올라가지 않아도 돼"라고 외쳤지만, 생생한 영상을 위해 높이 오를수록 좋을 거라 생각했다. 식은땀을 흘리며 겨우겨우 오르는 사이, 어느새 정상이 손에 닿을 거리에 있었다. 옆을 돌아보니 아찔한 풍경이 한눈에 들어왔지만, 헤드 캠에 풍경을 잘 담을 수 있어 다행이라고 생각했다.

그로부터 일주일 정도 지났을까. 당시 국장님이 회의 자리에서 대뜸 질문을 건넸다.

"강 아나는 겁이 별로 없는 편인가 봐요?"

질문의 의미를 파악할 수 없었던 나는 어리둥절했고, 그 자리에 있던 모두가 국장님과 나를 번갈아 보며 대답을 기다렸다.

"얼마 전에 강 아나가 빙벽 타는 걸 봤어요. 꽤 높이 올라가던데 안 무서웠어요?"

얼마 전 채널을 돌리다 우연히 내가 출연한 방송을 본 국장님은 그 모습에 나를 다시 보게 되었다고 말했다. 방송 시간대도 애매하고, 시청률이 잘 나오는 프로그램도 아니었기 때문에 방송을 봤다는 게 더 신기했다. 어디선가 누군가는 반드시 방송을 보고 있다는 것을 새삼스럽게 다시 깨달았다.

잘하고 싶은 마음이 좋아하는 마음으로

기회는 언제나, 예기치 않은 작은 일에서 주어졌다.

한때 예능 프로그램 〈방구석 1열〉에 자주 출연하게 된 것도 방송 펑크가 난 출연진의 대타를 하면서부터였다. 회사에서 처음으로 페이스북 라이브 방송을 시도할 때도 주저하지 않고 해보겠다고 말한 덕분에 그 뒤로 굵직한 페이스북 라이브 프로그램은 거의 다 도맡았다.

치열해지는 방송 환경에서 꾸준히 찾아주는 사람이 있다는 것은 고무적인 일이다. 작은 일일지라도 마음을 쏟아 임하다 보면 잘하고 싶어지고, 잘하고 싶은 마음은 결국 긍정적인 평가를 이끌었다.

그리고 방송이 느는 것을 느끼니 일이 재미있게 느껴졌다. 답답한 마음에 고민할 것 없이 자연스레 내가 무엇을 좋아하는지 알게 됐고, 근본적인 질문인 '어떤 아나운서가 되어야 할까?'에 대한 답에도 가까워져 갔다. 매일 주어지는 작은 역할이 언젠가 더 큰 기회를 줄 거라는 믿음이 통한 셈이다.

나조차 나를 외면하고, 단점에만 집중한다면

그야말로 정말 보잘것없는 사람이 될 수밖에 없다.

부족한 나라도 앞으로 나아갈 수 있도록 격려하고,

여기까지 온 자신을 믿었기에

나를 잃지 않을 수 있었다.

당당하고
싶다면

'당당한 척'부터

어떤 자리에서든 늘 자신 있는 태도를 보여주는 팝스타 리한나에게 한 인터뷰어가 물었다.

인터뷰어: 당신이 이전처럼 자신감 있고, 용감하고, 강하다고 느껴지지 않을 때는 어떻게 행동하나요?

리한나: 그런 척해요.

인터뷰어: 그렇지 않은데, 그럴 수 있을 때까지 그런 척한다는 의미인가요?

리한나: 그럼요. 안 그러면 매일 울다 잠들어 버릴걸요?

"그럴 수 있을 때까지 그런 척한다."

한때 나를 버티게 해준 고마운 말이다. 상처를 받아도 괜찮은 척, 씩씩한 척, 당당한 척. 실제 그런 날보다 그런 척해야 했던 날이 더 많았기 때문이다. "못한다", "부족하다"라는 말을 들으며 배우는 과정에서 얻게 된 일종의 방어기제였고, 그렇게라도 하지 않으면 정말로 울다 잠들 수밖에 없었다.

우리는 가끔 타인을 보면서 '어쩜 매 순간 당당하고 자신감이 넘칠까?' 생각할 때가 있다. 하지만 하는 일마다 잘되고, 매일 확신이 넘치는 사람은 없다. 거침없는 행보로 잘 알려진 리한나조차 울고 싶은 순간이 있고, 그럴 때는 '그런 척'한다고 고백하지 않는가?

종종 나도 '항상 자신감 있어 보여요'라는 말을 듣는다. 하지만 나도 새로운 프로그램을 맡게 되면 늘 긴장하고, 새로운 사람을 만나면 어려워한다. 다만 그렇지 않은 척 애쓴다. 긴장했다는 걸 스스로 인지하는 순간, 상황이 더 나빠진다는 것을 알기 때문이다. 그런 순간에는 깊은 호흡을 하며 '이 순간만 잘 넘기면 다 괜찮아질 거야'라고 스스로 다독인다.

매일 원하는 모습에 다가가기

긴장은 전이된다. 나에게서 긴장한 티가 나면 함께 방송을 준비하는 제작진도 긴장하기 마련이다. 그래서 제작진이 잘 준비한 방송에 악영향을 끼치지 않기 위해 '걱정하지 말고, 저를 믿고 따라와 주세요'라는 태도로 카메라 앞에 서려고 한다.

"첫 방송인데 긴장돼?"

"아니."

"긴장돼요?"

"아니요. 준비됐습니다!"

중요한 방송을 앞두고 나의 상태를 가늠하기 위해 제작진은 종종 긴장하고 있냐는 질문을 던진다. 그때마다 나는 더 의연한 척하며 괜찮다고 말한다. 혼자 있을 때는 끝없이 걱정하면서 말이다.

생각이 당장 태도가 되어주지는 않는다. 하지만 스스로

당당한 사람, 의연한 사람, 자신감 있는 사람이라 여기고 행동하다 보니 어느새 조금씩 그런 사람이 되어갈 수 있었다. 언제나 긴장에 진다고 생각했지만, 돌아보면 의지가 나를 이끌고 간 것이었다.

처음부터 완벽한 사람은 없다. 그러나 어떤 자세든 연습하다 보면 나만의 태도가 된다. 당당한 사람이 되고 싶다면 '당당한 척'부터 해보는 것은 어떨까. 그게 곧 자신이 원하는 모습에 다가가는 길의 첫걸음이기도 하다.

'내가 정말 할 수 있을까?' 했던 일들이

작은 성취를 이뤄가다 보면

'이거라고 못할 것 있어? 저번에도 해냈잖아' 하고

자신감을 가지고 시도할 수 있다.

당장 할 수 없을 것 같은 일도,

거짓말인 줄 알면서도,

스스로 믿어보는 마음이 필요하다.

나는 내가 믿어주는 만큼

그 가능성을 펼칠 수 있을 테니까.

긴장, 불안,
두려움을

다스리는 법

〈뉴스룸〉 스튜디오로 걸어 들어가며 인사를 하고 데스크 앞에 앉는다.

생방송 15분 전. 방송을 위해 인이어(In-ear, 현장 모니터 링을 위한 이어폰)와 마이크를 찬다. FD가 건네주는 원고를 받아, 앵커 멘트를 체크한다.

생방송 5분 전. 오프닝 위치에 서서 마지막으로 목 상태 와 옷매무새를 점검한다.

생방송 10초 전. 기분 좋은 긴장감이 온몸으로 퍼진다. 잠시 후 PD의 큐 사인이 들린다.

"여러분 안녕하십니까. 〈뉴스룸〉을 시작하겠습니다."

이제 생방송을 진행하는 것은 너무나 자연스러운 일상이지만 신입 때 '기분 좋은 긴장감'이라는 말은 감히 상상할 수조차 없는 단어의 조합이었다.

　　나는 어릴 적부터 사람들 앞에서 발표하거나 카메라 앞에 서는 걸 딱히 두려워하지 않았다. 소위 말해 '깡다구'가 좀 있는 편이었다. 오디션 프로그램에 출연했을 때도 방송 경험은 전무했지만 크게 떨지 않고 참여했다. 그런데 뜻밖에 카메라 앞에 서는 게 직업이 되면서부터 상황이 완전히 달라졌다.

　　문제는 카메라 너머의 '시청자', 어디선가 나를 평가하고 있을 존재를 인식하면서부터였다. 실수를 하거나, 생각한 대로 방송이 흘러가지 않으면 등줄기에 땀이 흘렀다. 인이어로 타고 들어오는 PD의 콜, 라이브로 나가고 있는 영상의 오디오, 미친 듯이 뛰고 있는 내 심장 소리가 한데 뒤엉켜 무엇 하나 제대로 집중할 수가 없었다. 긴장하는 내 모습에 스스로 당황하고, 당황한 내 모습에 더 긴장하는 악순환이었다.

　　심장 박동이 빨라질수록 말도 빨라진다는 게 가장 큰 문제였다. 걷잡을 수 없이 빨라지는 말과 함께 발음까지 뭉

개져 애써 교정한 시간도 말짱 도루묵이었다. 스피치 전문가에게 코칭을 받아보고, 멘탈 트레이닝도 받아보고, 심지어 손에 클립을 쥐고 말하면 긴장이 덜 된다는 어떤 영화의 내용을 따라 손에 클립을 쥐고 방송해 본 적도 있었지만 큰 효과를 보지는 못했다.

내 입에서 나오는 말의 속도조차 제대로 조절하지 못하는 자신이 답답하고 한심했다. 결국 아나운서라는 직업에 관해 다시 한번 진지하게 고민하기 위해 휴직을 결정하고 미국으로 돌아갔다.

그러던 중 우연히 박사 과정을 공부하고 있던 성악가 언니를 알게 됐다. 그때 아나운서로서 목소리 전반에 대한 고민을 털어놓자, 언니는 연습실로 한번 찾아오기를 권했다. 나는 지푸라기라도 잡는 심정으로 성악 레슨을 받아보기로 했다.

첫 수업을 마친 후 이런 저런 이야기를 나누다 나는 덜컥 "저는 아나운서하기에 좋은 목소리가 아닌 것 같아요"라는 말과 함께 사실 내 목소리를 싫어한다는 고백을 털어놓았다. 언니는 조금 놀란 눈치였다. 그러면서 차분히 모든 목소리에는 고유한 매력이 있고, 올바른 톤을 찾는 게 좋은 음색보다 더 중요하다고 설명해 줬다. 그러고는 "지영 씨 목소리에는 힘이 있어요"라는 말과 함께 내 목소리의 장점을 이야기해 주었다.

눈물이 왈칵 쏟아졌다. 그 뒤로 두 달여의 수업을 받으며 나는 목소리를 자신 있게 내는 방법, 안정적인 톤을 잡는 방법을 배워 나갔다. 완벽한 수준은 아니었지만, 분명 좋아지고 있었다.

。

단점보다 장점에 집중하라

휴직을 마치고 떨리는 마음으로 카메라 앞에 다시 선 날. 나는 예전보다 더 긴장하고 있었다.

"리허설 갈게요."

PD의 콜이 들렸다. 두려움이 앞섰지만 배워온 톤을 기억하면서 입을 열었다. 심장은 빠르게 뛰었지만, 이전과 비교하면 훨씬 여유 있는 톤과 속도로 목소리를 낼 수 있었다. 좀 더 연습하면 더 잘 조절할 수 있겠다는 자신이 붙었다.

리허설을 마치고 나오면서 나는 그제야 결국 모든 것이

자신감 문제였다는 걸 깨달았다. 불과 몇 달이지만 내가 가진 '단점'보다 '장점'에 집중하면서, 장점을 극대화할 수 있도록 도와준 '라이오넬(영화 〈킹스 스피치〉에서 말을 더듬는 왕을 도와준 치료사의 이름)' 같은 언니에게 고마웠다.

방송 일이란 어쩔 수 없이 나를 잃기 쉬운 환경이다. 실시간으로 쏟아지는 시청자의 평가는 물론이고 함께 일하는 사람들의 평가도 절대적인 사실로 느껴져, 스스로 한없이 작은 사람처럼 여겨질 때가 많다.

한번은 전체 회식 자리에서 한 선배가 나의 내레이션 오디오가 마음에 들지 않는다며 크게 혼낸 적이 있다. 후배들도 있던 자리여서 너무 창피해서 얼굴이 화끈거렸지만 도망가지도 못하고 '내 오디오가 별로구나…'라고 생각하며 밥을 꾸역꾸역 삼켰다. 그 뒤로는 그 말을 기정사실로 받아들이고 방송했다. 뭘 해도 나는 오디오가 별로인 사람이었다.

'아나운서 같지 않아서', '오디오가 별로여서'… 남들이 말하는 단점이 다 사실처럼 들렸다. 하지만 마르쿠스 아우렐리우스의 《명상록》에 나오는 문장인 "우리가 듣는 모든 이야기는 하나의 의견이지 사실이 아니다. 우리가 보는 모든 것은 하나의 관점일 뿐 사실이 아니다"라는 말처럼, 관점은 언제든 변할 수 있고, 사실이 아닌 말이 나의 일과 인생을 좌지우지할 수는 없다.

돌아보면 그럼에도 지금까지 나를 지켜준 것은 나 자신을 잃지 않겠다는 의지였다. 나조차 나를 외면하고, 단점에만 집중한다면 그야말로 정말 보잘것없는 사람이 될 수밖에 없다. 부족한 나라도 앞으로 나아갈 수 있도록 격려하고, 여기까지 온 자신을 믿었기에 나를 잃지 않을 수 있었다.

운전을 하다 보면 갑자기 깜박이를 켜지 않고 앞으로 끼어드는 사람, 급하게 뒤에서 빵빵거리는 사람, 매너 있게 자리를 양보해 주는 사람 등 여러 종류의 운전자를 길 위에서 만난다. 이 인생이라는 길 위에서 결국 핸들을 쥔 운전자는 나뿐이라는 걸 오늘도 기억하며 살아간다.

힘든 시간이 영원할 것만 같지만 우리는 알고 있다.

그건 사실이 아니라 단지 내가 그렇게 느끼는 것뿐이라는 걸.

비록 저지른 실수가 돌이킬 수 없는 실패나 상처처럼 느껴지고,

다시는 벗어날 수 없는 것 같아도

지나고 나면 별것 아닌 일이 될 가능성이 높다는 것을

우리는 경험적으로 알고 있다.

결코 한 사건이 나의 인생 전체를 정의할 수 없다.

실수는

실패가
아니다

목표를 향해 나아가다 보면, 크고 작은 문제에 맞닥뜨리게 된다. 어떤 문제는 큰 어려움 없이 해결할 수 있지만, 대개의 문제는 예상 밖의 상황에서 기습적으로 주어져 내 한계를 마주해야 할 때가 많았다. 굳이 드러내고 싶지 않은 과정까지 드러내야 하는 직업적 특성 때문에, 내가 준비됐든 되지 않았든 해결에 충분한 시간이 주어진 적은 거의 없었다. 그래서 일단 던져진 문제 상황에서 해결 방법을 찾아야 했다.

　가까스로 문제를 해결하고 나서도 나를 기다리는 것은 늘 냉혹한 평가였다. 얼굴도 모르는 '대중들'로부터 평가받는 게 일상이었고, 문제를 풀어가는 것보다 내가 한 일을 실시간으로 평가받는 과정 자체에 익숙해져야 하는 상황이 버겁기도 했다. 잘하고 싶다면, 잘할 수 있을 때까지 더 많이 도전하고 실수하며 터득하는 수밖에 없었지만, 이는 누군가 대신해 줄 수 없는 일이었다. 그러니 때때로 나약해지려 하는 나 자신을 붙잡기 위한 '무언가'가 필요했다.

∘

사실과 감정을 분리하라

예기치 못하게 실수한 순간에는 온갖 생각에 머릿속이 패닉 상태가 됐다. 이때 실수를 무마하려다 보면 잘못된 판단으로 더 큰 실수를 저지르기도 했다.

'지금 내 마음은 흙탕물이나 다름없어. 일단 불순물을 최대한 차분히 가라앉히고 현실적으로 문제를 판단하자.'

감정적으로 대응해서 얻을 수 있는 것은 많지 않다. 그럴 때일수록 과도하게 발현된 감정과 쓸데없는 생각들로 뒤엉킨 마음을 우선적으로 가라앉혔다. 시간은 지나가기 마련. 좋은 일도, 힘든 일도 결국 지나간다는 걸 의식적으로 떠올리다 보면 어떠한 상황도 좀 더 의연하게 받아들일 수 있었다.

　동시에 실수와 함께 발현되는 최악의 상상을 '사실'과 '감정'으로 구분하는 것도 효과적이었다. 한 연구 결과에 따르면 우리가 걱정하는 일의 79퍼센트는 실제로 일어나지 않고, 16퍼센트는 미리 준비하면 대처할 수 있다고 한다. 즉, 걱정이 현실이 될 확률은 단 5퍼센트인 것이다. 이 5퍼센트의 가능성 때문에 시간과 감정과 에너지를 허비하는 것은 어리석은 일이다.

　힘든 시간이 영원할 것만 같지만 우리는 알고 있다. 그건 사실이 아니라 단지 불안이 만들어내는 상상이라는 것을. 비록 저지른 실수가 돌이킬 수 없는 실패나 상처처럼 느껴지고, 다시는 벗어날 수 없는 것 같아도 지나고 나면 별것 아닌 일이 될 것을 우리는 경험적으로 알고 있다. 결코 한 사건이 나의 인생 전체를 정의할 수 없다.

진짜 이유를 찾는다

감정이 가라앉으면 천천히 지금 괴로운 '진짜 이유'가 무엇인지 생각했다. 나의 경우는 주위의 시선이 두려웠다. 숨길 수조차 없는 실수의 상황을 두고 사람들이 어떻게 평가할지 의식하지 않을 수 없었다. 주변 사람들과 대중의 피드백을 살피는 게 일상이 되면서부터 생긴 부작용이었다.

사회에는 좋은 사람만 존재하는 건 아니었다. 나를 위한 조언이라는 명분으로 막말에 가까운 말을 하는 사람도 있었고, 농담인 척 남들과 비교하며 내가 얼마나 부족한 사람인지를 상기시키는 사람도 있었다. 한때는 그 모든 걸 수용해야 한다고 생각한 적도 있었다.

그런데 나보다 내 인생에 대해 진심으로 생각해 주는 사람이 또 있을까? 아무리 진심 어린 조언이라고 해도 그들이 내 인생을 대신 살아주는 것은 아니었다. 모든 피드백을 같은 무게로 받아들일 필요가 없다고 생각하면서 더욱 중심을 잡아갈 수 있었다.

스스로 부끄럽지 않게 최선을 다하고, 그런 나를 100퍼센트 믿기로 마음먹은 후부터 기준이 달라졌고, 기준이 달라지니 현실적인 상황도 달라지기 시작했다. 남들의 평가가 더 이상 내 인생에 직접적인 영향을 미칠 수 없었다.

°

'이게 끝은 아니다'라는 생각

'메멘토 모리(Memento mori)'라는 말을 좋아한다. '자신의 죽음을 기억하라'라는 뜻의 라틴어 문구로, 고 이어령 고문의 좌우명이기도 하다.

처음에는 이 말이 썩 달갑게 다가오지 않았다. 아직 '죽음'에 대해 진지하게 생각할 나이도 아니고, 단어가 주는 무게감도 온전히 이해하지 못했다. 그러다 어떻게 '살아야' 할지에 대해서만 생각하다가 우연히 친구와 대화를 하다가 어떻게 '죽어야' 할지를 생각해보게 되었는데, 관점이 바뀌는 신선한 경험이었다.

관점을 전환하면서 시간의 유한함을 인지하게 되었고, 살아 있는 동안의 시간을 어떻게 쓰면 좋을지 더 뚜렷한 계획을 갖게 되었다. 게다가 오로지 죽음만이 내 인생의 진정한 끝이라고 생각하니, 어떠한 실패를 겪더라도 '이게 끝은 아니다'라는 생각이 용기를 주었다. 내일이면 과거가 될 오늘의 실수는, 살아 있는 한 이겨낼 수 있다.

주변에 잘되는 사람들을 살펴보면 성실하게 각자 처한 상황에 좌절하지 않고 문제를 해결해 나갔다는 공통점이 있다. 반면 잘 안 되는 사람들에게는 언제나 저마다의 핑계와 이유가 있었다. 다른 사람을 탓하고, 환경을 탓하고, 운을 탓하기도 한다. 그래서 톨스토이의 소설 《안나 카레니나》의, 세상에서 가장 유명한 첫 문장에 빗대어 이렇게 생각하기도 했다.

"잘되는 사람은 모두 비슷해 보이지만, 안 되는 사람에게는 저마다의 이유가 있다."

같은 일도 누구에게는 드라마가 되고, 누구에게는 핑계가 된다. 어떤 태도를 선택할지가 자기 몫일 따름이다.

의사는 분명하게 밝히되 감정은 담지 않을 것,

유독 아픈 말이라고 느껴지면 이유를 살펴볼 것,

칭찬에 감사하는 마음은 갖지만 기대지 않을 것.

그렇게 나를 지키기 위한 기준들을 하나씩 세울 수 있었다.

3장

현실은
하루아침에

달라지지
않는다

어떤 실수는 마음에 작은 생채기를 남겼다 말끔히 사라지기도 하지만, 어떤 실수는 마치 깊이 각인이라도 된 듯 오래오래 우리를 괴롭힌다.

입사 초기, 나는 엉망진창이었다. 애써 겸손하려 하는 말이 아니라 '그때 진짜 왜 그랬지'라고 떠오르는 순간이 많을 정도로 실수가 많았다. 가장 먼저 기억나는 일은 대외적으로도 많이 알려진 2013년 홍명보 감독과의 인터뷰 일화다.

입사 이후, 나는 좀처럼 나아지지 않는 발성과 발음 문제로 애먹고 있었다. 특히 긴장하면 말이 빨라지는 습관을 고치는 것이 가장 힘겨웠다. 기본적으로 또렷한 발음을 내려면 입안에서 혀가 해당 음가를 정확히 내기 위한 위치에 가 있어야 한다. 하지만 미국에서 생활했던 탓에 연음을 사용하는 습관이 있던 터라 받침이 있는 우리말을 정확히 발음하는 데 많은 노력이 필요했다. 어딘가 답답한 발성, 뭉개지는 발음, 긴장하면 빨라지는 말의 속도까지 '환상의 조합'이었다.

　연습을 쉬지 않았지만 언어는 습관이라, 천천히 연습할 때는 좀 나아지는가 싶다가도 방송에만 들어가면 자꾸 비슷한 실수를 반복했다. 그래서 나는 매일같이 부족한 지점에 대해 피드백을 들을 수밖에 없었다. 그러다 보니 어느새 사람들 앞에서 말하는 것이 점점 불편하게 느껴졌다. 이해가 되는가? 소위 '말하는 직업'을 가진 사람이 목소리 내기가 두려워졌다는 게? 미국에서는 영어를 막힘없이 자유롭게 구사하는 원어민들을 부러워했는데, 입사해서는 또렷한 발성과 발음으로 우리말을 잘하는 아나운서 동기들을 부러워하고 있었다.

°

최선을 다한다고 늘 잘할 수 있는 건 아니다

그러던 어느 날, 스포츠팀 팀장으로부터 지원 요청이 들어왔다. 축구 경기 현장에서 시작 전에 관전평을 전달하고, 경기 후에 가장 활약했던 선수나 감독 인터뷰를 진행해 줄 아나운서가 필요하다고. 다른 아나운서 동기들은 이미 맡은 프로그램이 있어서 일정이 맞지 않아 결국 내가 진행하게 됐다.

엉겁결에 얻은 기회였지만, 2002년 월드컵 주역이었던 홍명보 선수의 국가대표 감독 데뷔 경기였기 때문에 많은 관심이 쏠려 있는 중요한 경기였다. 평소 축구를 잘 몰라 긴장한 것도 있지만, 현장 리포팅도 처음 해보는 것이라 당장 어떻게 진행해야 할지 걱정이 앞섰다. 게다가 목소리에 대한 자신감도 떨어질 대로 떨어진 상태라 머릿속이 복잡했다.

경기가 시작되기 훨씬 전부터 인터뷰 예비 후보군을 추려 관련 질문들을 외우고 또 외웠다. 경기를 지켜보면서는 '혹시 추가 시간에 다른 선수가 골을 넣어서 인터뷰이가 바뀌면 어떡하지?'라는 불안감이 떠나지 않았다. '제발 준비한 대로 인터뷰할 수 있게 해주세요.' 속으로 간절히 바라고 바랐다.

드디어 경기가 끝난 후 인이어에서 PD의 목소리가 들렸다.

"강지영 아나운서, 홍명보 감독 인터뷰 경기 끝나고 바로 갑니다. 준비해요."

갑자기 심장이 빨리 뛰기 시작했다. 온몸에서 식은땀이 나고 심장이 거칠게 뛰었다. 관중들이 가득한 경기장의 열기 탓인지 가슴이 답답하고 숨이 잘 쉬어지지 않았다. 정신을 제대로 차릴 수 없어 암기했던 오프닝 멘트도, 질문도 정리되지 않은 채 인터뷰 준비를 해야 했다.

인터뷰 세팅을 하면서 분위기를 풀기 위해 홍명보 감독님께 슬쩍 수고하셨다고 인사를 건넸지만, 감독님 특유의 카리스마와 무표정에 한층 더 긴장하고 말았다. 동시에 곧 시작될 인터뷰를 기대하는 관중들의 표정이 보였다.

'여기서 사라지고 싶다.'

이런 생각을 하던 찰나, 마침내 인이어를 통해 중계석에 있던 캐스터의 말이 들려왔다.

"현장에 나가 있는 강지영 아나운서 불러보겠습니다."

곧바로 진행 PD의 큐 사인이 이어졌고, 나는 준비한 멘트를 내뱉기 시작했다.

"네, 저는 지금 상암 월드컵 경기장에 나와 있습니다. (…)"

오프닝 멘트를 하면서도 지금 무슨 말을 하는지, 얼마나 빠른 속도로 말하는지 제대로 인지하지 못했다. 아니, 정확히 말하면 체크할 정신조차 없었다.

감독님을 바라보며 준비한 질문들을 던졌다. 답변을 잘 들어야 다음 질문을 잘 이어갈 수 있는데 들을 여유가 없었다. 머릿속에는 무슨 질문을 이어나가야 할지에 대한 생각만이 가득했다. 심지어 말을 조리 있게 정리하지 못해 질문을 잊어버려서 대놓고 수첩을 들여다보기도 했지만 그마저 눈에 들어오지 않았다.

°

도망칠 수밖에 없던 순간

'이게 아닌데…'

그렇게 4분 남짓한 시간이 흐르고 나서야 나는 첫 현장 리포팅을 최악으로 마쳤다는 것을 깨달았다. 당시에는 포털 사이트에 '실시간 검색어 순위'라는 것이 있어서, 사람들이 특정 키워드를 많이 검색하면 실시간으로 단어의 순위가 상승하여 노출됐다. 나중에 동생이 말해주기를 당시 실시간 검색어 순위 1위가 '강지영 아나운서', 2위가 '홍명보 감독'이었다고 한다.

이번 경기에서 가장 많은 관심을 받아야 하는 사람은 당연히 홍명보 감독이었다. 하지만 당시 실시간 검색어 순위를 통해 얼마나 많은 관심이 나에게, 정확히 말하면 나의 실수에 쏠렸는지 알 수 있었다.

리포팅을 마친 후 나는 도망치듯 현장을 빠져나왔다. 제작진들과 인사를 나누기도 민망해서 얼굴이 화끈거렸다. 그리고 어두운 구석을 찾자마자 겨우 참았던 눈물이 터졌다.

'지금 이 상황이 꿈이었으면….'

그때만큼 비참한 순간이 실시간으로 공개되는 직업을 원망했던 적이 없다. 창피한 마음을 넘어 기회를 준 사람들에게 미안한 마음이 들었다. 고작 리포팅 하나를 제대로 못 하는 나 자신이 너무 한심하게 느껴졌다.

。

최악의 실수를 해도 인생은 계속된다

하지만 하루를 망치고, 최악의 기분으로 보냈다고 해도 인생은 계속된다. 인터뷰를 망친 다음 날도 여전히 삶은 계속됐다.

　밤새 뒤척거리며 '왜 그랬지?'라는 질문을 수없이 되뇌었다. 아침이 되어 퀭해진 몰골로 침대에 누워 회사에 가고 싶지 않다고 생각했다. 한참 동안 생각하다 결국 나에게는 두 가지 선택지가 있음을 깨달았다.

　1. 계속한다.
　2. 그만둔다.

　여느 성장 드라마처럼, 주인공이 역경을 딛고 일어나 하룻밤 사이에 마법처럼 나아진 모습으로 모두를 놀라게 하고, 비웃던 사람들 뒤에서 회심의 미소를 짓는 이야기를 들려주고 싶었지만 현실은 달랐다. 울며 겨자 먹기 식으로 계속한다는 1번의 선택지를 택하기는 했지만 겨우 마음을 추스르고 출근한 날에도 달라진 것은 없었으니 말이다.

　사건은 그렇게 마무리됐지만, 그로 인한 후유증은 꽤 오래 지속되었다. 수시로 그날의 실수가 떠올라 괴로웠다. 회사에서 누구를 만나도 앞에서는 웃지만 뒤에서 수군대면서 나의 실수를 비웃는 것 같았다.

　고개를 잘 들고 다니지 못하는 모습이 딱해 보였는지, 당시 예능 국장님이 지나가던 나를 불러세워 "괜찮아, 그럴 수 있어. 턱 들고 다녀"라는 말로 격려해 줄 정도였다. 평소에 내 이름이라도 알고 계실까 싶을 정도로 무심히 인사를 받아주시던 분의 격려라 놀랐지만, 그만큼 더 감사했다.

　이 일은 오래도록 나를 괴롭혔던 사건인 만큼 많은 것을 배운 계기였다. 실수를 해도 인생은 멈추지 않는다는 것 그리고 그걸 해결해야 하는 것도 나 자신뿐이라는 것을 말이다. 발걸음이 무거웠지만 그럼에도 경기장을 향한 것도, 준비가 부족해 현장 리포팅을 망친 것도, 그날의 트라우마로 카메라 앞에 서는 게 더 무서웠지만 그럼에도 정해진 일정을 해낸 것도 결국 모두 내 선택이었기 때문이다.

실수는 고통스럽고, 때론 자존심에 상처를 내고, 부족한 나를 피할 수 없이 직면하게 한다. 그래서 감추고 싶고, 외면하고 싶고, 도망쳐 버리고 싶기도 하다. 실수를 만회하는 과정도 아름답지만은 않다. 스스로 알고 있는 한계, 누군가의 평가, 어쩌면 생각보다도 오랜 시간 증명해 내야 하는 시간들….

하지만 그럼에도 감정에 굴복하지 않고 그 순간을 견디다 보면 분명 더 나은 나를 만들 수 있다. 도망치지 않고 버티면, 조금씩 나아간다. 나는 시간이 모든 걸 해결해 준다고 생각하지는 않는다. 다만 시간을 버티다 보면 그 과정 속에서 지혜를 얻은 미래의 내가 문제를 해결해 줄 수 있다고 믿는다.

좋은 일도, 힘든 일도

결국 지나간다는 걸 의식적으로 떠올리다 보면

어떠한 상황도 좀 더 의연하게 받아들일 수 있었다.

가만히
있으면서

성장하는
사람은 없다

주말 〈뉴스룸〉을 맡은 후 각계 최정상의 인물부터 화제의 드라마, 영화 속 배우, 가수들까지 다양한 인사들을 만났다. 방송에서 보았던 스타들을 직접 만날 수 있다는 것도 굉장했지만, 직접 눈을 맞추고 이야기를 나누는 것은 정말 값진 경험이었다.

그중 임지연 배우를 인터뷰했던 순간이 기억에 남는다. 인터뷰 당시 임지연 배우는 넷플릭스 드라마 〈더 글로리〉에서 박연진 역으로 폭발적인 사랑을 받고 있었다. '임지연' 대신 극중 이름인 '연진'이로 부르는 시청자가 많았는데, 신드롬급 인기 때문에 벌어지는 현상이었다.

임지연 배우의 인터뷰가 인상적이었던 이유는 드라마의 인기 때문만은 아니었다. 항상 남들보다 부족하다고 생각했고, 그럼에도 포기하지 않고 계속 방법을 찾으며 노력한 결과 〈더 글로리〉라는 작품을 만나게 되었다는 그녀는 항상 "절실했다"라고 말했다. 그 말이 마음에 깊이 와 닿았는데, 그 덕분인지 인터뷰를 마치고도 과거의 절실했던 기억들이 떠오르기도 했다.

○

"무조건 해볼게요"

대학을 졸업하기도 전에 사회생활에 뛰어들면서 '최연소', '특채 아나운서'라는 타이틀이 늘 따라다녔다. 어린 나이란 빠른 성취나 잠재력을 뜻하기도 했지만, 턱없이 부족한 사회 경험을 의미하기도 했다. 즉, 피할 수 없는 시행착오가 기다리고 있다는 뜻이었다. 특히 '여자 아나운서'가 된다는 것이 다른 목적을 위한 수단으로 여겨진다는 시선에 대해서도 알고 있었다. 그렇기에 직업인으로서 인정받고 싶다는 진정성은 결국 시간을 통해 증명할 수밖에 없었다.

게다가 나는 신입사원 중 유일한 유학생이었는데, 이런 배경은 오히려 선입견으로 작용했다. 하루는 한 팀장님께서 내게 '새옹지마'라는 사자성어를 아느냐고 물었다. 순간 나는 '설마 그 새옹지마를 물어보시는 건 아니겠지?'라는 생각에 가만히 말을 아꼈는데, 알고 보니 우리가 상식적으로 알고 있는 '새옹지마'를 물으신 게 맞았고 비슷한 경험을 반복하며 나를 바라보는 다양한 시선에 대해 조금 더 인지하게 되었다.

객관적으로 부족한 실력과 경험, 그에 더해진 선입견 때문에라도 늘 남들보다 더 노력해야 했다. 누군가 내게 "현장에 나가볼래?"라고 제안해도, "○○가 출연이 어려워서 대타를 부탁해도 괜찮아?"라는 말에도, "새벽 촬영인데 괜찮아?"라고 물어도 언제나 "해볼게요"라고 대답했다.

한번은 계열사인 JTBC 골프에서 골프 캐스터를 해보지 않겠냐는 제안을 받은 적이 있다. 당시 이미 3개의 프로그램을 하고 있었고, 골프 중계가 있는 주에는 주 7일 근무를 해야 했지만 언젠가는 도움이 될 거라고 생각했다. 어떤 작가님은 면전에서 "골프 중계는 아나운서 커리어에 도움이 안 되는데 뭘 하러 해"라고 말했지만, 나는 무엇이든 직접 해봐야 알 수 있다고 생각했다. 디지털 기반의 프로젝트 'Hey.News'에 합류했을 때도 마찬가지였다.

°

기회를 알아보기 위한 준비

〈뉴스룸〉 앵커로서 다양한 인사를 인터뷰할 수 있게 된 것은 쉼 없이 달려온 지난날이 있었기 때문이다. 주말 〈뉴스룸〉의 인터뷰를 맡기 전에는 〈썰전 라이브〉에서 인터뷰를 할 수 있었기에, 더 전으로 거슬러 올라가면 Hey.News 채널과 〈정치부 회의〉에서 인터뷰할 수 있었기에, 또 더 전으로 거슬러 올라가면 개국 초 〈연예 특종〉을 통해 고민한 시기가 있었기 때문에 지금의 인터뷰를 할 수 있었다. 절실했기 때문에 가능했다. 시사, 교양, 예능 프로그램을 넘나들며 쌓은 경험들 덕분에 단단한 토대를 다질 수 있었다.

세상의 속도만큼 변화하는 것도 어려운 일이지만, 그 속도로 변화한다고 해서 늘 앞으로 나아갈 수 있는 것은 아니다. 겨우 변화의 속도와 발맞출 뿐이다. 그보다 더 빠르게 변화해야 한다. 방송이라는 생태계의 변화, 더 넓게는 사회의 변화를 제대로 따라가지 못하면 도태될 거라는 두려움이 있었기에 가만히 있을 수 없었다.

주어지는 일만 했다면 나중에 언제 쓰일지 모를 여러 경험을 쌓을 수 있었을까? 가만히 있으면서 성장하는 사람은 없다. 시도하고, 실패하고, 한 번 더 하고, 달리 해보는 것으로 나아갈 수 있고, 그때 내게 다가오는 운과 기회를 알아볼 수 있다고 믿는다.

가끔은 당장 할 수 없을 것 같은 일도,

거짓말인 줄 알면서도

스스로 믿어보는 마음이 필요하다.

나는 내가 믿어주는 만큼

그 가능성을 펼칠 수 있을 테니까.

일을
대하는

태도

〈정치부 회의〉에서 '강지영의 현장 브리핑'이라는 코너를 맡아 진행하고 있을 때다. 비록 5분 남짓한 분량의 코너였지만, 보통 뉴스 리포트가 1분 30초에서 2분 30초인 걸 감안하면 뉴스 아이템으로 5분을 채운다는 것은 결코 만만치 않은 일이었다.

현장에 나가기 전까지 자료 조사, 소품 준비, 구성안 수정 등 준비해야 할 게 많았는데 관건은 역시 장소와 인터뷰이 섭외였다. 아무리 아이템이 좋아도 섭외가 되지 않으면 답이 없었다. 시민 인터뷰가 있을 때면 무작정 번화가로 나가 마이크를 들이대면서 인터뷰를 따야 했다. 보통

10명에게 요청하면 2명 정도가 승낙해 줄까 말까였는데, 인터뷰가 단답형으로 이루어지거나 내용이 겹치면 방송에 활용할 만한 부분을 결국 만들지 못하는 경우도 다반사였다. 더군다나 정치적 사안이나 민감한 이슈에 대한 질문에는 10명 중 8~9명이 외면했다.

그래도 스튜디오 안에만 있었으면 몰랐을 세상을, 현장을 다니면서 알아가는 게 좋았다. 더운 날에는 더운 곳을, 추운 날에는 추운 곳을 가서야 내가 알던 세상이 전부가 아니라는 걸 깨달을 수 있었다. 그간 얼마나 좁은 세상에 갇혀 있었는지 체감했다. 파주의 주민들은 북한 관련 소식이 나올 때마다 어떤 심정으로 그 소식을 접하는지, 물난리가 났을 때 체육관에 피신 온 사람 절반 이상이 왜 이민자 가정인지, 로봇 산업에 종사하는 사람들이 왜 규제로 힘들어하는지, 5월 18일이 광주 시민들에게는 어떤 의미인지 현장에 나가기 전에는 충분히 알지 못했다.

취재를 하지 않았으면 가보지도, 만나보지도 못했을 이슈에 대해 생각해 보는 과정 자체가 즐거웠고, 새로운 보람을 느끼게 해주었다. 그래서 매 현장은 배움의 기회이기도 했다.

그깟 5분과 온전한 5분

그러던 어느 날, 지인들과의 식사 자리에서 진행하는 코너에 대한 고민을 툭 하고 털어놓은 적이 있다. 그러자 한 지인이 말했다.

"네가 기자도 아니고… 그깟 5분짜리 코너 대충 해. 아무도 신경 안 써."

순간 말을 잘못 들었나 싶었다. 어쩌면 그 지인은 그리 길지 않은 5분 코너에 너무 스트레스받지 말고 일하라는 이야기를 해주고 싶었던 것인지도 모른다. 하지만 애정과 책임을 갖고 임하는 코너에 '그깟 5분'짜리이니 대충하라는 말은 나까지 무시하는 것처럼 느껴졌다. 누군가에게는 의미 없는 시간일 수도 있다는 생각에 씁쓸한 마음을 떨치지 못했다.

하지만 같은 고민을 다른 선배에게 털어놓고 나서야, 나는 일에 대한 태도가 사람마다 다를 수 있다는 걸 알게 됐다. 선배는 5분에 최선을 다하려는 나의 태도를 격려하며 "5분, 짧지 않은 시간이야. 또 온전히 너의 시간이기도 해"

라고 말해주었다. 그 이야기를 듣고 위안을 얻은 것은 물론이고, 선배와 선배가 하는 일 자체를 다시 보게 되었다.

내가 5분 코너를 별것 아니라는 생각으로 임했다면, 다른 사람들이 나를 믿고 일을 맡겨주었을까? 그런 마음은 금세 간파당하지 않았을까? 방송인으로서 신뢰받을 수 있을까? 게다가 그런 대충의 시간이 쌓여서 결국 대충에 익숙해진 사람이 과연 중요한 일을 앞두고 200퍼센트 능력을 발휘할 수 있을까?

사람들은 모르는 것 같아도 다 안다. 사소한 말과 행동을 통해, 일을 대하는 태도를 통해 마음이 드러나기 때문이다. 그러니 어떤 일이든 최선을 다하려고 애쓴다. 마음을 쏟고, 열심을 다할 때 그다음이 있을 수 있기 때문이다.

'이 시간이 나에게 주어진 이유가 있을 거야.

내가 지금 이 상황에서 배울 수 있는 건 무엇일까?'

이렇게 생각하면 일이 없어 책상에 앉아 있던 시간도

의미를 가졌다.

시간 낭비하는 것 같고,

멀리 돌아가는 것 같은 순간에도

분명 얻게 된 것이 있었다.

흔들려도

다시 제자리를
찾으면 괜찮다

아나운서라는 꿈을 이뤘지만, 성취감은 생각보다 금방 빛을 바랬다. 어제까지는 한 명의 지원자에 불과했지만, 오늘부터는 프로들 사이에서 경쟁해야 하는 방송인이 되었기 때문이다. 꿈과 현실은 다르다는 것을 어느 정도 예상했지만, 그동안 내가 얼마나 단면적으로 아나운서라는 직업을 바라보고 동경해 왔는지 깨닫게 됐다.

당연한 결과이기도 했다. 원래부터 아나운서를 준비하던 게 아니었기 때문에 직업에 대한 고민을 깊이 할 시간이 없었다. 게다가 하루아침에 휴학생에서 직장인으로 사회적 위치가 달라지면서 첫 직장에서의 사회생활을 감당하는 것만으로도 벅찼다. 그리고 내게는 한 가지 허들이 더 있었는데, 꽤 오랜 시간 떠나 있던 한국에 적응하는 것부터가 엄청난 변화였다. 너무 많은 변화가 동시에 벌어진 것이다.

선배들은 신입 아나운서들에게 항상 "너는 어떤 아나운서가 되고 싶어?", "뉴스를 하고 싶어, 예능을 하고 싶어?"라는 질문을 자주 했는데, 나름의 정리된 생각을 답하는 동기들에 비해 나는 선뜻 대답하지 못했다. "어떤 프로그램이든 맡겨만 주시면 열심히 하겠습니다"라고 대답했지만, 사실은 명확히 답하지 못하는 자신이 작게 느껴졌다. 어디로 가고 싶은지 모른 채, 어느 길로 가야 할지 묻고 싶었다.

답답한 마음에 가까운 선배에게 여러 번 조언을 구하기도 했다. 누구든 나에게 사회생활 잘하는 비법, 인생을 조금 더 어른스럽게 사는 방법을 알려주기를 바랐다. 인생을 먼저 살아본 선배의 지혜를 전수받으면 시행착오를 줄이고 원하는 것을 조금 더 빨리 이룰 수 있지 않을까 하는 마음에서였다. 그린데 결국 내 인생의 문제는 나만이 해결할 수 있다는 것을, 지겨울 만큼 반복되는 고민을 하고서야 알게 됐다.

가야 할 길을 아는 법

그렇다면 어느 길로 가야 할지를 알기 위해서는 어떤 과정이 필요할까? 나는 무엇보다 스스로에게 질문을 던지는 습관부터 만들기 시작했다. 가장 핵심적이지만 대답하기 쉽지 않은 질문들 말이다. 이유는 간단했다. 이러한 본질적인 질문들에 대한 답을 정립해야만 앞으로 나아갈 수 있다고 생각했기 때문이다.

나는 왜 아나운서가 되고 싶은 걸까?
일할 때 즐겁다고 느껴서?
그럼 즐겁지 않을 때는 어떻게 할 거지?
다른 일에 도전해야 할까?

실제로 일을 하다 보면 즐겁기보다 힘들고 버겁게 느껴질 때가 있기 마련이고(사실 힘들다고 생각할 때가 더 많다), 이러한 생각들에 대한 나름의 정리된 답이 없다면 현실적으로 일을 계속해 나가기 어려웠다.

내가 어디로 가고 싶은지 알기 위해서는, 내가 지금 어디 있는지를 알아야 했다. 내가 무엇을 원하는지 알아야 원하는 것을 얻기 위해 필요한 것을 파악할 수 있고, 그런 생각들이 정리돼야만 그제야 어느 방향으로 어떻게 달려 나갈지 결정할 수 있기 때문이다.

질문이 필요한 또 다른 이유는, 이런 생각을 미리 정리해두지 않으면 주변의 이야기에 휩쓸리기 쉬웠다. 자기만의 주관을 뚜렷이 정리했다 해도 사회적인 관계가 단절된 사람이 아니라면 외부 요인에 흔들릴 수밖에 없다. 누군가 툭툭 내뱉는 말에 상처받기도 하고, 나에 대한 평가에 일희일비할 수도 있다.

지금도 조금씩 흔들린다. 하지만 중심이 단단히 잡혀 있으면 누군가의 말에 흔들리더라도 다시 제자리를 찾을 수 있다. 그리고 스스로 제자리를 곧 다시 찾을 것이라는 걸 알고 있기 때문에 흔들림 그 자체로 불안해지는 감정도 조절할 수 있다. 물론 선의의 조언도 있겠지만, 내가 원한 것 이상의 조언은 오히려 나를 더 무겁게 했다.

그래서 나는 어떠한 일을 할 때, 그 일을 해야 하는 이유를 스스로 충분히 납득할 수 있도록 질문하고 왜 그렇게 생각했는지, 내가 내놓은 답이 정말 맞았는지까지 경험을 통해 검증하려고 한다. 때때로 내가 생각한 답과 실제 상황에서의 답이 다른 경우도 발생하기 때문이다.

그럴 때는 왜 내 생각이 틀렸는지, 어떤 근거를 가지고 그렇게 생각했는지, 예상과 상황이 달랐을 때 어떻게 대처했는지 세심하게 살피고 기록했다. 어떤 대처는 실제로 잘 작동했고, 어떤 대처는 나를 더 혼란스럽게 만들었기 때문에 복기를 통해 더 나은 의사 결정을 할 수 있도록 기억하려고 애썼다.

。

감정이 보내는 시그널

그중 가장 집중해서 들여다본 것은 내 감정이었다. 유독 분노하는 무언가가 있다거나, 어떤 말이 유독 아플 때 왜 그런지 감정을 잘 살폈다. 감정은 순간적인 반응이기 때문에 그냥 흘려보낼 때가 많은데, 사실 감정만큼 솔직한 반응은 없다.

특히 긍정적인 감정보다 부정적인 감정은 나라는 사람

을 아주 잘 보여준다. 본능적인 시그널이기 때문이다. 그래서 나를 아프게 하는 감정일수록 스스로 더 잘 알 수 있는 근거가 되었다.

예를 들어, 지나치게 긴장을 할 때는 왜 그런지 생각했다. 나는 특히 평소 하고 싶던 프로그램에 합류하면 더 긴장했고, 이는 곧 실수로 이어졌다. 잘하고 싶은 마음이 클수록 상황을 망치곤 했다.

이러한 상황이 몇 번 반복되자 '어차피 아무리 잘하고 싶어도 뜻대로 안 되는 것, 너무 무리하지 말고 상황에 나를 맡겨보자'라고 힘을 뺐더니 오히려 방송이 더 잘되는 경험을 하게 되었다. 내 감정과 그 이유를 인지하지 못했다면, 반복되는 상황에서 벗어나는 데 시간이 더 걸렸을지 모른다.

ㅇ

경험이 쌓인다는 것의 의미

종종 나는 내가 가진 열등감이나 상처받은 일에 대해 이야기한다. 그러면 나를 강한 사람으로 보았던 사람들이 의외라는 반응을 보인다. 하지만 나는 견고하지도 강하지도 않다. 슬럼프에 빠지기도 하고, 사소한 일에도 곧잘 자기혐오를 느끼곤 한다. 때로는 부족한 부분을 확대 해석해 열등감을 자초한다.

하지만 이제는 그 감정 자체에 매몰되기보다 어떤 상황에서 왜 그런 감정을 느끼는지 파악하려고 하고, 그 감정이 왜 생기는 것이며, 무엇을 의미하는지 파악하기 위해 스스로와 대화한다. 때로는 몰아붙이기도 하고, 때로는 다독이며 나 자신을 조금씩 더 알아간다.

그래서 이제는 슬럼프가 와도 과도하게 걱정하거나 우울해하지 않는다. 일정 시간이 지나면 결국 언제 그랬냐는 듯 슬럼프를 빠져나와 활기차고 열정적인 나로 돌아갈 것을 경험적으로 알기 때문이다. 부정적인 감정에 휩싸여 괴로워하다가도, 가던 길을 걸어가는 방법을 이제는 안다.

°

어려운 길이 가장 쉬운 길이다

그릇이 커지려면, 그릇이 찢어져야 한다. 매번 감당할 만한 일만 하고, 견딜 만한 고민을 하면서는 성장할 수 없다. 감내할 수 없는 일, 마주치기 싫은 불편한 진실을 마주하고 나서야 겨우 단단해진다.

도망칠 수도 있고, 직면할 수도 있다. 어떤 결과를 선택하든 내 몫이고, 그렇게 선택한 이유를 남에게 그럴듯한 변명으로 늘어놓아 봐야 나만은 분명 진실을 알고 있다.

진정한 자존감은 남에게 보이기 위한 선택으로 쌓을 수 있는 게 아니라, 내가 한 선택을 내가 인지하며 쌓아가는 과정에서 생긴다. 내가 나를 속일 수는 없기 때문이다.

돌아보면 어려운 길이 가장 쉬운 길이었고, 돌아가는 길이 가장 빠른 길이었다. 어려운 선택은 시간이 오래 걸리고, 괴롭고, 지루하고, 재미가 없다. 반면 쉬운 선택은 매력적이고, 재미있고, 지금 당장을 빛나게 해줄 수도 있다. 하지만 목적지까지 가기 위해서는 튼튼한 두 다리가 있어야 하듯, 어려운 선택들로 단련된 몸과 마음만이 나를 원하는 곳까지 데려다준다.

그래서 당장 눈앞에 결과가 보이지 않아도, 매일의 과정에 의미를 두며 걸어야 한다. 하루가 걸리든 한 달이 걸리든 내가 원하는 모습에 조금씩만 다가가면 그만이다.

도망치지 않고 버티면, 조금씩 나아간다.

나는 시간이 모든 걸 해결해 준다고 생각하지는 않는다.

다만 시간을 버티다 보면

그 과정 속에서 지혜를 얻은 미래의 내가

문제를 해결해 줄 수 있다고 믿는다.

노력하고 있다는
착각에

속지 말 것

수년 동안 현장을 다니다 보니 가끔 내가 아나운서인지, 기자인지 헷갈리는 날이 많았다(일반적으로 아나운서는 주어진 원고를 바탕으로 진행하는 역할, 기자는 직접 취재하고 기사를 작성하는 역할을 한다). 코로나가 한창이던 시기에는 의료 장비를 직접 입고 의료진을 취재해야 했는데 온몸이 땀범벅이었다. 최강 한파가 찾아온 날에는 코로나 드라이브스루 검진소를 찾았는데, 핫팩을 아무리 붙여도 입이 얼어 여러 번 다시 촬영하기도 했다.

　아나운서가 되면 다양한 프로그램을 진행할 거라고 예상했지만, 현장 취재를 이렇게 오래 할 거라고는 상상해

본 적이 없어 초반에는 다소 혼란스러웠다. 하지만 언젠가 뉴스 앵커나 시사 프로그램을 맡게 되면 분명 이때의 취재 경험이 도움이 될 거라고 생각했다. 또 기자들이 어떤 마음으로 취재하는지 알게 되어, 지금도 기자가 전하고 싶었을 메시지를 더 잘 파악하기 위해 앵커 멘트를 고칠 때 한 번 더 들여다보게 된다. 만약 앵커라는 목표가 없었다면 현장에서의 긴 시간을 버티기는 어려웠을지 모른다.

°

누구도 속일 수 없는 노력

사회에 나오면 아무도 친절하게 더 열심히 하라고 격려해주지 않는다. 잘하는 방법도 알려주지 않는다. 그저 냉혹한 평가만 주어질 뿐이다. 영화 〈악마는 프라다를 입는다〉에는 주인공 앤디가 일이 힘들어서 동료에게 불평하는 장면이 나온다.

  앤디: 나는 노력하고 있어.
  나이젤: 아니야. 너는 징징대고 있어.

처음에 영화를 봤을 때는 '와, 어떻게 동료가 저렇게 차갑게 이야기하지' 싶었다. 그런데 사회생활을 조금 하고 난 뒤 영화를 다시 봤을 때 나의 생각은 180도 바뀌어 있었다. '나이젤은 정말 멋진 직장 동료였구나' 하고 말이다.

세상에 '진짜 노력'을 하는 사람들의 존재를 알게 됐기 때문이었다. 나에게도 '열심히 하고 있는데 왜 안 될까', '세상은 불공평해. 이렇게 노력하는데도 되는 게 없고…'라며 징징대던 순간이 많았다. 그때는 분명 노력했다고 생각했지만 돌이켜 보면 '진짜 노력'했다기보다 '나는 노력하는 중이야'라는 기분에 도취되어 있었다.

성공한 사람들은 하나같이 말한다. 세상에 거저 주어지는 것은 없다고. 인생은 노력한 만큼 기회를 내어주기 때문에 누군가의 '진짜 노력'을 내 고만고만한 노력으로 상대하려 한다면 다른 사람을 오히려 기만하는 것인지도 모른다고.

이런 생각이 들자 일의 크고 작음을 떠나 최선을 다할 수밖에 없었다. 남들의 기대에 부응하기 위해, 프로그램에 폐를 끼치지 않기 위해 열심히 하기도 했지만, 가장 중요한 것은 그 순간 최선을 다했는지 아닌지 내가 알기 때문에 나 자신을 속이고 싶지 않았다. 가짜 노력에 속는 순간, 그 어떤 상황도 변화시킬 수 없다.

사람들은 보통 내가 모르고 있다는 사실조차 모른다.

공부하는 사람만이 자기가 무엇을 모르는지 안다.

또 정말 아는 것과

알고 있다고 생각하는 것은 천지 차이인데,

사회에서는 이를 드러낸다 해도 굳이 지적하지 않는다.

조용히 속으로 평가할 뿐이다.

텅 빈
아나운서실에

홀로 남아서

'지금 여기서 뭘 하고 있는 거지?'

신입 아나운서 시절, 텅 빈 아나운서실에 홀로 앉아 있을 때였다. 나는 주로 교양과 예능 프로그램을 맡았기 때문에 주중에는 맡겨진 일정이 없는 날도 있었다. 그러다 보니 남는 시간은 여유라기보다 메워야 할 틈처럼 여겨졌다.

함께 입사한 아나운서 동기들은 동기이긴 했지만 나이도, 경력도 꽤 차이가 나서 다 같은 '신입' 아나운서는 아니었다.

막 개국한 방송국이다 보니 입사 후 바로 현장에 투입될 수 있다는 것은 아나운서로서 장점이었지만, 나는 장점을 활용할 수 있는 상황이 아니었다. 혼자 리딩 연습을 하고, 방송 준비를 하고, 모니터링하는 과정의 반복으로, 모든 것을 혼자 해내야 했다. 홀로 유학 생활을 하면서도 외롭다는 생각을 많이 하지 않았는데, 아나운서실에 덩그러니 앉아 있을 때는 유독 외롭다는 생각을 자주 했다. 하지만 이 상황을 선택한 것도 나였기 때문에 딱히 하소연할 수 없었다.

프로그램에서 활약하는 방송인들이 부러웠다. 나도 잘한다는 칭찬을 받고 싶고, 여기저기서 같이 일하자고 제안받는 아나운서가 되고 싶었다. 나에게 혹독한 말을 쏟아냈던 사람들이 틀렸다는 것도 증명하고 싶었다. 하지만 무엇보다 내 선택이 틀리지 않았다는 스스로에게 증명하고 싶었다.

시스템이나 사람에 의존할 수 없는 상황에서 나는 나를 지키기 위해 매일의 루틴을 만들어가기 시작했다. 어떤 프로그램을 통해 기회가 언제 올지 모르니 교양, 예능, 뉴스 등 다양한 프로그램을 모니터링하면서 시뮬레이션을 했다. 객관적 기준도, 누군가의 조언도, 확신도 없이 일단 묵묵히 시간을 견디는 일이 처음에는 쉽지 않았다. 하지만 싫고 좋음을 따지는 것은 사치였다. 일단 이런 상황이 내게 주어졌으니 혼자 있는 시간을 어떻게 보내야 좋을지에 집중한 채, 조금씩 상황에 적응하려고 애썼다.

혼자 있는 시간이 가르쳐준 것들

당장의 성과가 눈에 보이지 않는, 혼자 있는 시간을 헛되이 보내지 않기 위해 나는 몇 가지 목표를 세웠다.

우선 철저하게 자기 객관화를 해야 했다. 누구나 의욕적일 때는 마음만 먹으면 뭐든 할 수 있을 것이라 착각한다. 하지만 할 수 있다고 생각하는 것과 실제로 해내는 것은 엄연히 다른 이야기였다. 또 내가 할 수 있다고 생각하는 것과 남들이 기대하는 것도 다른 이야기였다. 프로그램 제작진에게 제안받기 위해서는 역량을 인정받아야만 했다. 그렇기 위해서는 객관적으로 내가 가진 능력은 무엇인지, 어떤 캐릭터가 요구되는지, 내가 가진 무기는 어떤 가치를 지녔는지를 냉정하게 평가해야 했다.

타고난 끼가 있어 긴장도 하지 않고 한껏 기량을 발산하는 사람, 외적으로 너무나 매력적인 사람, 말을 재미있게 잘하는 사람, 부단히 노력해서 무명의 시간을 버틴 사람 등 다양한 능력을 가진 사람들이 모인 곳이 바로 방송계다. 이는 방송을 할수록 새삼 더 느끼고 있는 부분인데, 이러한 생태계에서 제대로 된 객관화 없이 제대로 일을 해낼 수 없다는 걸 알게 됐다.

더군다나 플랫폼이 다양해지고 미디어를 소비하는 형태가 달라지면서 방송 환경도 많이 변했다. 직업의 경계도 많이 허물어져 이제는 전문 MC가 아니어도 진행을 하고, 뉴스 앵커도 아나운서의 전유물만은 아니게 됐다. '아나운서'라서 할 수 있는 프로그램이 예전처럼 정해져 있지 않다는 의미다. 그러니 특정 방송사 안에서 나를 평가하기보다 전체 방송업계의 차원에서 나라는 사람을 객관적으로 바라볼 수 있을 때 살아남을 수 있다고 생각했다.

。

필요한 사람이 되는 법

입사 초년생 때 어떤 이들은 '다른 사람들은 하고 싶은 프로그램이 있으면 매일같이 프로그램실에 출근한다고 하더라', '예능 프로그램실에 인사라도 다녀야 하는 것 아니냐?' 등 다양한 조언을 해주었다. 심지어 '○○는 신규 프로그램에 들어간다고 하던데 너도 분발해야 하지 않겠느냐'라는 이야기도 들었다.

물론 이런 이야기를 듣고 나면 왠지 나만 뒤처지는 것 같아 마음이 조급해졌지만, 지금 단계에서 그게 나한테 가장 필요한 일일까 곱씹었다. 실력도 없는 상태로 무작정 찾아가서 나를 기용해 달라고 말하는 것도 어불성설이었다. 그럴수록 '나를 쓸 수밖에 없는 상황을 만들자. 능력이 있으면 시골 오지라도 찾아온다고 했다'라고 마음먹었다. 결국 근본적인 문제를 해결해야 한다는 생각이었다.

혼자 있는 시간을 독이 아닌 득이 되게 만들 방법은 나에게 달려 있었다. '세상 사람들의 관심 밖일 때 놀랄 만한 성장을 이뤄내면 분명 기회가 올 것이다.' 그렇게 생각하니 혼자 있는 시간이 더 이상 외롭게만 느껴지지는 않았다. 오히려 준비해야 할 것들이 더 많이 보이기 시작했다.

때로는 누군가 옆에서 조언해 주는 사람이 있었으면 싶기도 했고, 때때로 사소한 잘못된 선택을 하기도 했다. 그런데 만약 누군가의 의견을 따라 잘못된 선택을 했다면 어땠을까? 내가 내린 선택에 대해서는 직접 책임지면 되지만, 타인의 의견을 따랐어도 결과를 책임져야 하는 건 나였다. 막상 책임질 일이 생겨도 상상했던 것만큼 감당하기 어렵지만도 않았다. 크고 중대한 결과를 책임져야 할 만큼 아직 대단한 무언가도 아니었기 때문이다.

타인에게 기대지 않고 오롯이 내 두 다리로 설 줄 알아야만 진짜 어른이 될 수 있었다. 그리고 튼튼한 두 다리를 갖기 위해서는 근육이 붙어야 하는데, 근육은 이완과 수축을 반복하면서 찢어지는 과정을 통해 커진다. 오랜 시간에 걸친 숱한 시행착오와 좌절, 실패, 경험이 나를 작게 만들고 때로는 찢겨도, 다시 새롭게 만들어지고 커지는 과정을 통해 튼튼해질 수 있었다.

물론 버거울 때도 있지만, 막상 내가 나를 온전히 책임지겠다고 마음먹고 나니 홀가분한 기분이 들기도 했다. 스스로만 잘 책임지면 된다고 생각하니 오히려 자유롭기까지 했다.

°

당연한 것은 없다

신입인데도 입사 직후부터 프로그램에 바로 투입되는 기회를 얻었기 때문에 나는 기회가 계속 주어질 거라고 생각했다. 하지만 누구도 나를 찾지 않는 혼자인 시간 동안 당연한 것은 하나도 없다는 것을 알았다. 어떤 날은 일정이 많으면 하루에 녹화를 4개씩 하는 날도 있었고, 새벽부터 시작된 일정이 다음 날 새벽에 끝나는 날도 있었다. 그럴 때면 몸은 녹초가 되었지만, 그럼에도 오늘 할 일이 있음에 감사했다. 일이 없어서 내 존재 가치에 대한 고민으로 괴로웠던 시간을 겪어봤기 때문에 그때를 떠올리며 나를 찾아주는 곳이 있다는 것에 감사할 뿐이다.

성장할 때는 고통을 견디는 것만으로도 벅차서 성장하고 있는지 잘 알지 못한다. 하지만 시간이 지나면 분명 알 수 있다. 답답하고 괴로운 시간이 영원할 것 같았지만, 자기 객관화를 할 수 있었기에, 두 발로 홀로 서는 법을 배웠기에, 일의 감사함을 알게 되었기에 아마추어 같은 마음가짐 대신 프로가 응당 가져야 할 마음가짐을 얻을 수 있었다.

혼자 있는 시간을 독이 아닌 득이 되게 만들 방법은

나에게 달려 있었다.

'세상 사람들의 관심 밖일 때 놀랄 만한 성장을 이뤄내면

분명 기회가 올 것이다.'

그렇게 생각하니 혼자 있는 시간이

더 이상 외롭게만 느껴지지는 않았다.

내가
틀릴 수도
있다는

생각

같은 기회를 기회로 판단할지, 위기로 판단할지는 각자의 관점에 따라 다르다. 나는 '결정'과 '결단'의 의미가 조금 다르다고 생각한다. '결정'과 '결단' 사이에는 '마지막 숙고'가 포함되어 있기 때문이다. 그래서 결정한 후 결단을 내리면, 이후에는 다른 생각을 하지 않고 일단 행동으로 밀고 나간다.

어떤 결단을 하기까지는 최대한 많은 데이터를 확보한 후 고민한다. 과거의 나는 어떻게 행동했는지, 비슷한 상황에서 타인은 어떤 선택을 했는지 또 인터넷에는 어떤 정보가 있는지 등 발품, 손품을 팔아 가능한 한 모든 정보를 취

합해서 판단한다. 오판할 확률을 줄이기 위해서다.

하지만 이 모든 판단을 주관하는 '뇌'를 100퍼센트 믿고 의지하기에는 불완전한 존재라는 걸 우리는 간과한다.

《도둑맞은 뇌》라는 책에는 이런 이야기가 나온다.

이스라엘의 한 화물 수송기가 아파트와 충돌해 주민 39 명과 승무원 4명이 숨진 끔찍한 사고가 있었다. 언론에서 는 연일 이 사건에 대해 보도했고, 그로부터 10개월 후 무 작위로 선택한 대학생들을 상대로 한 심리검사에서 놀라 운 결과가 나왔다. 대학생 중 65퍼센트가 이 사건과 관련 한 유도 질문에서 실제 존재하지 않던 사고의 영상을 직접 본 것처럼 설명했다는 것이다.

이 실험은 우리의 기억이 유도 질문이나 타인의 반응을 통해 일어나지 않은 일을 일어난 것처럼 만들어낸다는 사 실을 증명했다. 의식적이든 무의식적이든 결국 기억은 조 작될 수 있다는 의미로, 이를 심리학에서는 '오기억'이라고 부른다. 그러니 어떤 판단을 내릴 때 우리는 얼마든지 잘 못된 기억을 근거로 결정할 수 있다는 이야기다.

감정은 어떨까? 우리는 종종 기분에 따라 다른 결정을

내리기도 한다. 기분이 태도가 되지 말아야 한다는 것을 알지만, 기분이 좋을 때는 좀 더 과감한 선택을, 저기압일 때는 좀 더 보수적인 선택을 한다. 아무리 이성적인 사람이라도 감정을 완전히 배제한 채 결정할 수는 없다. 감정이 판단에 상당한 영향을 끼치기 때문이다.

○

상황을 바꾸는 작은 태도

경험이 쌓이고 노하우가 생길수록 '내가 맞는다'라는 생각에 쉽게 갇힌다. 심지어 내가 알고 있는 게 전부라는 착각도 하고, 성공 사례가 쌓일수록 타인의 의견에 배타적인 태도를 보이는 경향이 더 뚜렷해진다.

함께 일하던 사람 중 자신이 생각한 대로 녹화가 되지 않으면 촬영장에서 소리를 지르는 이가 있었다. 여기서 중요한 포인트는 '자신이 생각한 대로'라는 점인데, 그는 촬영 시 타인의 의견을 듣지 않고 자신의 의견만을 내세웠다. 매번 일을 그렇게 진행하다 보니 팀 내에서 갈등이 생기기 일쑤였고, 결국 그와 일해보지 않은 사람들조차 함께 일하기를 꺼린다는 소문이 전해졌다. 결국 그는 점점 고립되어 갔고, 자연스레 성과도 좋을 수 없었다.

만약 그가 다른 이의 의견에 '아, 그 말도 일리가 있네요. 다시 한번 생각해 볼게요'라거나 적어도 '당신 생각은 어때요?'라고 물었다면 어땠을까?

세상이 변하는 속도를 빠르게 따라가지 못해, 나와 세상의 시차가 생길 때 문제는 발생한다. 가장 먼저 생기는 문제는 잘못된 판단을 내리는 것이다. 개인적 경험에 의지해 낡고, 오래된 데이터를 기반으로 판단하기 때문이다.

특히 트렌드에 민감한 방송계는 어떤 인물이 화제인지, 시청자들이 무엇에 관심을 보이는지 기민하게 파악해야 하는 곳이다. 그래서 특정 신조어나 유행하는 밈(Meme) 몇 개를 모르는 건 괜찮지만, 그런 신조어를 즐겨 쓰는 세대의 경향성을 모르는 건 넘어가도 되는 문제에 그치지 않는다. 문화를 제대로 파악하지 못했다는 것은 변화에 둔감했거나 알려고 노력하지 않았다는 증거이기 때문이다.

우리는 사회생활을 하면서 쉽게 '꼰대', '고인 물'이라고 어떤 이들을 지칭한다. 그런 사람들의 특징은 무엇일까? 주로 자기 말만 옳다고 주장하거나 소싯적 기억에 얽매여 그때의 기준으로 많은 걸 판단하려고 하는 사람이다. 예전에는 생각이 다른 사람과 대화하며 설득하려고 한 적도 있었지만, 이제 '어차피 답은 정해져 있는 거야. 난 맞고, 넌 틀렸어'라는 식의 태도를 가진 상대에게 굳이 얼굴 붉혀 가며 직언하는 수고를 하지 않는다. 애써 한정된 나의 시간과 에너지를 허비하지 않고 싶기 때문이다.

신기하게도 대부분의 사람은 느끼고 받아들이는 것이 비슷한지, 그런 사람을 만나면 누구도 구태여 쓴소리하지 않는다. 마치 벌거벗은 임금님을 대하듯 상대가 듣고 싶어 하는 이야기를 해줄 뿐이다.

눈을 감고, 귀를 닫은 채 내린 결정은 당연히 좋은 결과로 귀결될 수 없다. 그리고 그런 결정으로 인해 가장 크게 손해를 보게 되는 사람은 누구일까?

°

천천히 외로워지지 않으려면

어느덧 사회생활을 14년이나 한 나에게도 (인정하고 싶지는 않지만) 종종 '꼰대스러움'이 발현될 때가 있다. 하지만 그럴 때마다 '내가 항상 맞을 수 없다'라는 생각을 의식적으로 떠올린다. '세상은 변하고 있고, 내가 한 판단은 주관적일 뿐이야. 나도 항상 틀릴 수 있어'라고 말이다.

인턴 직원들이 새로 입사하면 '요즘에는 친구들과 어떤 이야기를 주로 해요?', '요즘 가장 관심 있는 아이돌은 누구예요?'라며 괜히 한 번 더 말을 거는 것도, 내 방송에 대한 그들의 코멘트를 귀담아듣는 것도 나름의 노력이다. 그렇지 않으면 천천히 외로워질 수밖에 없을 테니까.

나만은 나이가 들어도 절대 꼰대가 되지 않을 거라는 생각조차 바람일 수 있다. 받아들일 것은 받아들이고, 언제나 내가 틀릴 수 있다는 생각을 하는 것만으로 우리는 많은 것을 놓치지 않을 수 있다. 새로운 이야기와 새로운 관점에 귀를 열고, 내가 어떤 자세로 이야기하고, 받아들이는지 곰곰이 생각해 보자. 보는 눈이 있고, 들을 귀가 있는 자만이 볼 수 있는 세계가 따로 있을 테니까.

그릇이 커지려면,

그릇이 찢어져야 한다.

매번 감당할 만한 일만 하고,

견딜 만한 고민을 하면서는

성장할 수 없다.

감내할 수 없는 일,

마주치기 싫은 불편한 진실을 마주하고 나서야

겨우 단단해진다.

자기
연민이라는

덫

자기 자신을 불행하게 만드는 습관 중 가장 중독성이 높은 것이 바로 '자기 연민'이 아닐까 싶다. 자신이 처한 처지가 세상에서 제일 안타깝고, 자신에게 닥친 위기가 가장 위태롭다고 여기는 태도 말이다.

이런 부정적인 생각은 사람을 조금씩 갉아먹고, 결국 세상을 바라보는 관점까지 비관적으로 만든다. 때때로 이 감정에 잠식되면 스스로 얼마나 힘들고 억울한지 토로하는 수준을 넘어 타인의 성취나 성공을 폄하하는 모습으로까지 발전하기도 한다.

목표한 바를 이뤄내는 사람들에게는 공통점이 있었다.

정도는 다르지만 힘들고 고통스러운 시간을 지나왔다는 것이다. 적어도 내가 만나본 사람들에게는 저마다 아프고 어두운 시간이 있었다. 하지만 그들은 자신이 놓인 상황을 비관하거나 자기 연민에 빠져 있기보다 인내하기를 택했고, 처한 상황을 객관적으로 바라보고 목표를 다시 설정해 나아갔다.

'나아가기를 선택했다'라는 결론만 보면 의연하고 멋져 보이지만 막상 현실은 달랐을 것이다. 때로는 울고, 때로는 등이 떠밀려, 가야만 하고 해야만 했기 때문에 포기하고 싶은 마음을 안고도 나아갔을 수 있다. 어떤 이유에서든 그들은 다른 선택을 했다.

○

다른 사람의 성공에 대해 쉽게 말하지 말 것

나도 이따금씩 내가 한 일을 사람들이 몰라주거나 인정받지 못하는 기분이 들 때, 신세를 한탄하며 앓는 소리를 한 적이 있다. 세상이 나를 알아주지 않는 것 같아 서글펐고, 때로는 분노했다. 하지만 부정적인 감정에 시간을 쏟을수록 상황은 나아지지 않았다. 그리고 내가 나를 동정하기 시작하는 순간, 나 자신이 정말로 초라해지는 것 같았다.

엔비디아의 창업자이자 CEO인 젠슨 황이 미국의 한 언론사와 진행한 인터뷰를 본 적 있다. 엔비디아의 성공을 이뤄내기까지 그가 겪은 일에 대해 인터뷰했는데 "과거로 돌아간다고 해도 다시 창업하겠느냐"라는 기자의 질문에 젠슨 황은 "아니"라고 답하며 이렇게 덧붙였다.

엔비디아를 만드는 것은 제가 예상한 것보다 백만 배는 더 어려웠거든요. (…) 만약 당신이 앞으로 느끼게 될 고통과 괴로움, 당신의 취약성, 견뎌야 할 도전, 당혹감과 수치심 그리고 잘못될 가능성이 있는 모든 일의 목록을 안다면 제정신인 이상 그 누구도 그렇게 도전하지는 않을 겁니다.

엔비디아는 미국의 반도체 회사이자 그래픽 처리 장치 분야의 선두주자로, 관련된 제품과 기술을 개발하고 제조하는 세계 최고의 기업이다. 엔비디아의 시가 총액은 1조 달러, 그리고 젠슨 황의 개인 재산은 300억 달러에 달한다.

그런 만큼 그는 전 세계적으로 인정받는 사업가이고, 누구나 그의 성취를 부러워한다.

하지만 지금의 순간이 있기까지 그도 매일 짓누르는 책임과 고민으로 고통스러운 시간을 보냈을 게 분명하다. 어쩌면 지금도 크게 다르지 않은 스트레스를 안은 채 회사를 운영하고 있을지 모른다. 그도 사람이기에 자기 연민에 빠질 수 있는 순간도, 포기하고 싶은 순간도 많았겠지만 그는 견뎠고, 생산적으로 상황을 헤쳐 나갔다.

감히 그가 겪었을 고통의 깊이와 너비는 가늠할 수 없지만, 무언가를 위해 괴로운 시간을 감내하고 이겨내 본 사람만이 성취가 가진 진정한 의미를 가늠할 수 있다.

다른 사람의 성공에 대해 누군가는 '시기를 잘 탄 거다', '운이 좋았다'라고 쉽게 말한다. 나에게도 그런 운이 있었다면 잘됐을 거라고, 부모님께 물려받은 것이 없어서, 환경이 뒷받침되지 않아서, 인복이 없어서 등의 이유로 합리화하며 연민에 진다면 결코 인고의 시간 뒤에 다가올 성취감과 행복을 알 수 없다.

내가 하는 말과 하는 행동이 곧 나다. 불행한 생각은 불행한 말을 낳고, 불행한 습관은 불행한 사람을 만든다. 지쳐서 날카롭게 날이 서 있다면 잠시 생각을 멈춘 채 스스로 휴식을 허락하고, 분노와 같이 부정적인 감정에 휩싸여 내린 결단은 어떤 문제도 해결할 수 없다는 것을 기억해야 한다. 중요한 순간에 내 발목을 붙잡을 덫이 될 수도 있으니 말이다.

부정적인 피드백에 흔들리고 싶지 않았듯

기분 좋은 말에 들뜨고 싶지도 않았다.

아무리 냉철한 평가도

결국 한 사람의 주관적인 생각일 수밖에 없었다.

행복이
목적일 때

불행하기
쉬웠다

어떤 책에서 '행복하세요?'라는 질문이 역설적이게도 사람을 불행하게 만든다는 글을 본 적이 있다. 처음엔 '정말 그런가?'라고 생각했지만, 누군가 내게 같은 질문을 한다면 나 또한 '내가 행복한가? 행복이 뭐지?'라는 철학적 생각을 하다 '음… 글쎄요'라는 어정쩡한 대답을 할 것 같아 이내 수긍할 수밖에 없었다.

　20대에는 행복에 지나치게 몰입했다. 인생 목표가 '행복한 삶을 사는 것'이기도 했다. 어느 날에는《달라이 라마의 행복론》을 읽으며 행복한 삶이란 무엇인지 정답을 찾으려고 한 적도 있었다. 결국 원하던 답은 얻을 수 없었다.

좋은 대학에 가면, 시험에 통과하면, 원하던 직업을 얻으면… 무언가를 이루면 행복해질 거라고 믿던 때도 있었다. 특히 어린 시절부터 바라던 아나운서의 꿈을 이루면 분명 행복해질 거라고 생각했다. 하지만 성취란 오직 찰나의 순간일 뿐, 지속적인 행복을 주지는 않았다. 오히려 성취감 뒤에 허무함이나 불안감이 몰려오기도 했다. 행복하게 살기 위해 노력할수록 역설적으로 더 불행해졌다.

더 많은 일을 이루면, 더 큰일을 해내면 행복에 가까워질 거라고도 생각했지만 '행복'에 대한 답을 찾으려는 시도 자체가 오히려 나를 불행하게 만들고 있다는 것을 깨닫게 되었다. 그래서 지금은 행복한 삶보다 의미 있는 삶을 살기 위해 노력하는 편이다.

。

행복은 변덕이 심했으므로

나는 일을 할 때 살아 있다는 느낌을 받는다. 정성스레 준비한 질문에 인터뷰이가 진정성 있는 답변을 해주었을 때, 가볍게 던진 유머로 현장의 분위기가 좋아지면서 녹화가 훨씬 수월하게 진행될 때, 앵커 멘트를 통해 내가 전하고 싶은 메시지를 전달할 때 등 일을 하며 행복감을 느낀다.

하지만 행복감은 '선'보다 '점'에 더 가까운 개념이어서 순간에만 존재한다. 그 순간을 느끼기 위해 감내해야 할 과정은 훨씬 더 길고, 지루했으며, 고통스러웠다. 일의 종류에 따라 수반되는 힘듦의 정도는 달랐지만, 고통은 언제나 존재했다.

예를 들어, 인터뷰는 체력보다 정신적으로 고된 작업이다. 온 신경을 집중해 이야기를 듣다 보니 간혹 인터뷰가 끝나면 마치 뇌의 필라멘트가 과열되어 타버린 것 같은 기분까지 드는데, 그래서인지 나는 방송이 '말로 만드는 창작물' 같다고 생각할 때가 많다. 인터뷰라는 결과물이 탄생하기까지 자료를 준비하는 시간, 구성안을 만들고 숙지하는 시간, 가편집 대본을 리뷰하고 편집 영상을 감수하는 모든 과정이 필요하다.

일주일에 인터뷰가 3~4개씩 잡힐 때는 개인 생활을 모두 포기하고 인터뷰 준비에 몰두해야 했다. 고민한 만큼 더 좋은 질문을 던질 수 있고, 좋은 질문은 마음을 움직이기 때문이다.

　오랜 시간에 걸쳐 어렵게 얻은 행복이라고 더 길게 지속되는 것도 아니었다. 입사 12년 차에 〈뉴스룸〉 앵커가 되었다는 소식이 준 행복감도 불과 '하루'에 불과했다. 오히려 그 뒤에 '앞으로 어떻게 해야 하나'와 같이 폭풍처럼 몰아지는 스트레스가 몇 주간 이어졌다. 몇 분의 행복이든 몇 시간의 행복이든, 인생 전반의 관점에서는 그저 찰나일 뿐이다.

　사람은 적응의 동물이라 어떤 환경에든 적응하기 마련이고, 몇 번 더 반복되면 곧 지루함을 느끼도록 설계돼 있다. 예를 들어, 오늘 먹은 떡볶이를 통해 얻은 행복과 내일 먹을 떡볶이를 통해 얻을 행복의 크기는 다를 수밖에 없다. 만약 그다음 날과 그다음 날에도 떡볶이를 먹어야 한다면 떡볶이는 행복보다 고통일 수 있다. 오늘 나를 행복하게 만든 일이 다음번에도 행복을 주리라는 보장이 없다는 의미다. 변덕스러운 행복을 인생의 목표로 삼기 어려운 이유다.

지금 이 순간의 의미

일의 목적이 행복일 때 불행해지기 쉬웠다. 일을 통해 행복감을 느끼는 순간은 고단한 과정 끝에 좋은 결과물이 나오는 '순간'일 뿐이기 때문이다. 하지만 추구하던 '행복'을 '의미'로 바꾸는 순간 모든 것을 훨씬 견디기 수월했다.

힘든 순간에도 의미는 존재했다. 결과와 상관없이 성실하게 임한 나의 선택에 대해 의미를 부여할 수도 있고, 노력해서 이뤄낸 결과가 만족스럽지 않아도 포기하지 않은 나의 의지에 의미를 부여할 수 있다. 의미 있는 삶을 목표로 하면서 나는 이전보다 더 많은 일을 할 수 있게 되었다. 실패해도, 예상과 전혀 다른 결과가 나와도 적어도 의미를 둘 수는 있었기 때문이다. 그래서 나는 이해할 수 없는 힘든 순간이 올 때마다 이렇게 생각했다.

'이 시간이 나에게 주어진 이유가 있을 거야. 지금 이 상황에서 배울 수 있는 건 무엇일까?'

이렇게 생각하면 일이 없어 책상에 앉아 있던 시간도 의미를 가졌다. 시간 낭비하는 것 같고, 멀리 돌아가는 것 같은 순간에도 분명 얻게 된 것이 있었다.

드라마 〈이태원 클라쓰〉에서 주인공 박새로이가 학교에서 퇴학당한 날 아버지는 그에게 소주 한 잔을 따라준다. 술을 마신 박새로이는 "달아요"라고 답하는데, 아버지는 이렇게 대답한다.

"술이 달다면 오늘 하루가 인상적이었다는 거야."

박새로이에게 그날은 행복한 하루는 아니었을지언정 분명 의미 있는 하루였을 것이다.

만약 누군가 지금 내게 '의미 있는 삶을 살고 있나요?'라고 묻는다면 나는 주저 없이 '그렇다'라고 대답할 것 같다.

힘든 순간에도 의미는 존재했다.

결과와 상관없이 성실하게 임한 나의 선택에 대해

의미를 부여할 수도 있고,

노력해서 이뤄낸 결과가 만족스럽지 않아도

포기하지 않은 나의 의지에 의미를 부여할 수 있다.

의미 있는 삶을 목표로 하면서

나는 이전보다 더 많은 일을 할 수 있게 되었다.

실패해도, 예상과 전혀 다른 결과가 나와도

적어도 의미를 둘 수는 있었기 때문이다.

기본기의
중요성

인터뷰가 끝나면 나는 그날의 인터뷰이에게 일부러 몇 가지 질문을 한다. 오늘 인터뷰가 어땠는지, 불편한 질문이 있었는지 물으면 상대의 말과 행동을 통해 나름의 피드백을 얻을 수 있기 때문이다.

　그럴 때 심심찮게 듣는 피드백 중 하나가 "원래 말투랑 방송용 말투에 별 차이가 없다"라는 말이다. 처음에는 이 말의 뜻을 잘 알지 못했다. 그런데 반복된 피드백을 받을수록 내 평소 말투가 조금은 일반적이지 않다는 걸 알게 되었다. 공적인 상황에서는 물론 나름 편안한 상황에서까지 이런 이야기를 듣는다는 것은 분명 나만의 말투가 있다는 거였다.

사실 아나운서 이전의 말투가 어땠는지는 기억나지 않는다. 나는 언제나 똑같이 말해온 것 같은데 곰곰이 생각해보니 발음 교정을 하면서부터 변화가 있었던 듯하다.

아나운서는 생방송을 진행하는 일이 많기 때문에, 혹시 모를 비상 상황에 항상 대비되어 있어야 한다고 생각했다. 100을 준비해도 실제 현장에서는 그 절반 정도의 역량만이 발휘된다. 숱하게 훈련해도 갑작스러운 상황에서는 평소의 버릇이 튀어나오기 때문에 아예 평소에 사용하는 말투 자체를 바꿔야 한다고 여겼다. 그래서 일상생활에서도 톤, 속도, 단어 선택까지 방송처럼 하려고 노력했다. 그런 차원에서 발음 교정을 시작한 것이다.

∘

부단한 반복이 만들어내는 변화

손흥민 선수의 아버지인 손웅정 감독이 훈련에서 가장 중요하게 생각했던 부분도 기본기였다. '아나운서'라고 하면 가장 먼저 떠오르는 능력은 무엇일까. 결국 또렷한 발성과 발음이다. 나에게 가진 능력이 많아도 기본기가 없으면 이를 펼칠 기회가 주어지지 않는다. 실제로도 신입 때는 기본기를 잘 쌓지 않아서 생기는 상황, 예를 들어 음가를 제대로 냈는지, 장단음을 제대로 발음했는지, 말이 꼬이지는 않았는지… 가뜩이나 고려할 게 많은 상황에서 이러한 요소들을 고려해야 하는 것은 배로 피곤한 일이었다.

하지만 나의 단점이 내가 가진 수많은 장점을 가린다면, 심지어 노력하면 보완할 수 있는 단점이 방해한다면 한번 고쳐보자는 마음이 들었다. '목소리는 내가 바꿀 수 있는 부분이 아니니 발성과 발음을 교정하자.'

발성·발음 교정은 오랜 시간이 걸리는 작업이었다. 고칠 수 있을 거라는 보장도 없었다. 나 같은 고민을 가진 아나운서는 없어 보였기에 달리 물어볼 곳도 없었다. 교정 기간이 길어질수록 다른 부분의 연습을 소홀히 하는 건 아닌지 초조해지기도 했다.

하지만 끝을 보지 않으면 안 될 것 같았다. 최선을 다했는데도 불가능하다면 오히려 받아들일 수 있을 것이다. 이때 영어 회화 연습도 관두었는데, 분명 내 발음에 영향을 주었기 때문이다. 한국어와 영어를 사용할 때는 쓰는 혀의 근육과 위치가 다른데, 영어 회화를 연습하고 나면 'ㅈ(지읒)' 발음이 알파벳 'J'나 중국어 'Z'처럼 들린다는 코멘트를 들었다. 그래서 한국어 발음에 대한 코멘트를 듣지 않는 날까지 영어 공부를 잠시 중단하기로 한 것이다.

그런데 연습량이 쌓이자 더디지만 조금씩 정확한 음가를 내기 시작했다. 지금도 컨디션이 좋지 않을 때는 무심코 예전 버릇이 나오려고 해서 원고를 더 자주 읽어두긴 하지만 말이다.

나는 내가 가진 장점과 단점을 찾는 과정을 멈추지 않았다. 신입 때는 단점을 끌어올리려고 애써왔다. 하지만 단점은 아무리 보완해도 남들의 보통 수준까지 끌어올리는 게 최선이었다. 타고난 것도 무시할 수 없기 때문이다. 낙제 점수를 받는 항목을 줄이자는 생각으로 부족한 점들에 집중했다면 최근에는 내가 가진 장점을 극대화하는 데 집중하고 있다. 장점이 반드시 압도적인 수준일 필요는 없다. 상대적으로 우위를 점할 수 있는 수준이면 충분하다. 너무 높은 기준을 가지고 포기하기보다는 언제나 가능한 선에서 시도해 보면서, 그 단계가 충족되면 다시 다음 목표를 가지려고 한다.

현재 수준에서 집중해야 할 부분은 무엇인지 알고, 제대로 된 고민을 할 때 나의 가치를 제대로 드러낼 수 있다고 생각한다. 결국 조금 더 잘하고 싶다는 마음 자체가 남들과 다른 나를 만드는 차별화의 시작이다.

하루를 망치고,

최악의 기분으로 보냈다고 해도

인생은 계속된다.

잠시
숨을 고르는

시간

한바탕 코로나로 몸살을 앓아 기력이 떨어진 거라 생각했다. 출근이 버거울 만큼 몸은 물을 잔뜩 머금은 스펀지마냥 무거웠다. 그런데 이상한 것은 아무런 의욕이 존재하지 않는 것처럼 느껴졌다는 것이다.

생각해 보니 최근 들어 주변 환경 변화에 무신경해졌고, 크게 기쁘거나 슬픈 감정도 일지 않았다. '이러다 말겠지'라며 무심하게 보낸 시간은 몇 주 더 지속됐고, 그제야 단순한 코로나 후유증이 아니라는 걸 알게 되었다.

오래 몸담았던 〈정치부 회의〉의 '강지영의 현장 브리핑'을 내려놓고 시사 뉴스쇼 〈썰전 라이브〉의 진행자로 자리를 옮기면서, 그간 쌓아온 경험을 토대로 좀 더 확장된 역할을 맡을 수 있겠다고 생각하던 시점이었다. 늘 기회를 찾던 시기라 의욕이 넘쳤다. 이제 막 런칭한 신규 프로그램이 자리 잡기까지 다양한 변화가 있었고, 나도 그러한 변화 흐름에 따라 순탄하게 방송에 적응해 가고 있다고 생각했다. 그런데 그즈음부터 스튜디오로 향하는 마음이 이전과 달리 무거웠다.

좀 더 솔직하게 이야기하면, 방송이 즐겁지 않았다. 내가 기획한 것들이 제대로 구현되지 않으면 쉽게 답답함을 느꼈고, 생각만큼 일이 풀리지 않을 때는 감정이 요동쳤다. 겉으로는 조금 피곤해 보이는 안색을 제외하고 딱히 문제가 있어 보이지 않았다. 하지만 내면에서는 수많은 감정이 폭풍같이 휘몰아쳤다. 슬럼프였다.

°

"바닥까지 가봐야지"

평소 슬럼프는 왔다가 사라지는 것이라고 생각해 대수롭지 않게 여겼다. 하지만 이번에는 달랐다. 방송을 하면서 힘들고 고된 상황은 많았지만 그럼에도 '즐겁다'는 이유로 버틸 수 있었다. 그런데 '방송이 재미없다'는 감정은 처음이라 어떻게 받아들여야 할지 몰라 당혹스러웠다. 그렇다고 방송을 쉴 수도 없었다. 엎친 데 덮친 격으로 선배들의 자리를 채워야 하는 상황이 생기면서 일은 더 많아졌고, 조용히 부정적이고 회의적인 생각이 나를 잠식해 갔다.

가까운 선배들에게 고민 상담도 했지만, 뾰족한 수는 없었다. 오히려 이런 이야기를 자주 할수록 부정적인 말이 힘을 갖게 되는 것 같아 어느 순간부터는 입을 닫기 시작했다.

알고 있었다. 슬럼프는 마치 깊은 우물 같아서 그곳에서 나를 꺼내 줄 수 있는 건 나 자신뿐이고, 으레 해왔듯 있는 힘껏 슬퍼하고, 우울해하고, 고민하다 보면 자연스레 지나간다는 것을.

그럼에도 수면으로 점점 더 가라앉는 것 같은 기분, 한숨을 쉬어도 여전히 답답한 마음, 재미없는 날들이 계속될 것 같은 두려움은 사라지지 않았다.

'이 상태가 오래 지속되면 어떡하지?'

그러다 동생에게 슬쩍 지나가듯 물었다.

"나 슬럼프인가 봐. 이럴 때는 어떻게 해야 해?"

동생이 시큰둥하게 대답했다.

"바닥까지 가 봐야지, 뭐."

자비 없는 말은 명쾌했다. 부유하는 모든 것은 가라앉기 마련이다. 나는 부정적인 감정들이 가라앉기를 기다렸다. 그리고 그동안 바쁘다는 이유로 모른 척했던 생각들을 다시 꺼내 보았다.

'그동안 너무 쉼 없이 달려오지는 않았나.'

'내가 목표한 방향대로 잘 가고 있는 건가.'

°

포기가 아닌 다시 나아가기 위해

보통 새로운 프로그램에 들어갈 때면 부족한 경험을 극복하기 위해 더 긴장하고 노력해야 했다. 나에게는 모든 것이 쉽지 않았다. 언제나 빠르게 변하는 방송 환경에 익숙해지면서 경주마처럼 앞만 보며 달리는 게 당연했다. 그리고 어느새 그 속도에 적응해 내가 얼마나 빨리 달리고 있는지도 실감하지 못했다. 언제나 더 빨리 달리지 못해 조급했고, 더 빨리 달리지 못하는 자신을 자책했다. 그때 슬럼프가 마치 '한 템포 쉬어가는 건 어때? 잘 가고 있는 거 맞아?'라며 손에 나침반을 쥐어준 듯했다.

빨리 달릴 때는 오로지 앞만 볼 수밖에 없다. 주위를 보더라도 '힐끔' 쳐다보고 다시 정면을 봐야 넘어지지 않을 수 있다. 하지만 속도에만 집중하다 보면 주변을 챙기고 둘러볼 기회를 놓치기도 하고, 가장 중요한 건강을 잃기도 한다. 한참을 달리다가 엉뚱한 곳에 다다라야 '여기가 어디지?' 하고 멈춰서는 순간도 생긴다.

앞으로 나아가는 것은 중요하다. 하지만 길을 잃지 않고, 원하는 방향으로 지속 가능하게 달리기 위해서는 지금 나의 위치를 잘 파악해야 한다. 중간에 멈춰 서서 점검해야 한다. 멈추는 것은 포기하기 위함이 아닌 다시 나아가기 위한 것. 그렇지 않으면 다시 길을 잃게 될지도 모르니까. 열심히 달리다 만난 슬럼프가 알려준 교훈이다.

그래서 이제는 슬럼프가 와도

과도하게 걱정하거나 우울해하지 않는다.

일정 시간이 지나면

결국 언제 그랬냐는 듯 슬럼프를 빠져나와

활기차고 열정적인 나로 돌아갈 것을

경험적으로 알기 때문이다.

부정적인 감정에 휩싸여 괴로워하다가도,

가던 길을 걸어가는 방법을

이제는 안다.

공부하는
사람만이

아는 것

아마존 창업자 제프 베이조스, 마이크로소프트 창업자 빌 게이츠, 오러클 창업자 래리 엘리슨, 사우디아라비아의 왕세자 무함마드 빈 살만까지. 세계 거물들의 막대한 자본이 수명 연장을 위한 연구 지원에 몰리면서 '현대판 불로초 전쟁'이 벌어지고 있다는 기사를 본 적 있다.

신체 노화를 막는 방법이 부디 빠른 시일 내에 발견되기를 바라지만 지금 당장 막을 수 있는, 어쩌면 더 중요한 노화는 따로 있다고 생각한다. 바로 '정신 노화'다.

정신 노화는 신체 노화만큼 육안으로 보기에 두드러지지 않아서인지 상대적으로 관심이 낮다. 하지만 우리는 이미 정신 노화가 무엇인지 알고 있다. 나는 세상에 두 종류의 사람이 있다고 생각하는데, 첫 번째는 어제와 별다른 변화 없이 살아가는 사람이다. 이들은 과거의 영광을 떠올리며 현재의 변화에 별 관심이 없고, 지금 아는 게 전부라고 생각한다. 자기 발전에 대해 특별한 고민이 없고, 남들도 다 이렇게 산다고 생각한다.

한때 열정도, 활기도 없던 사람이 얼마나 될까? 아마 그들도 청년 시절에는 달랐을 것이다. 아무리 대단했던 사람도 한곳에 너무 오래 머무르면 결국 비슷한 징조를 보였다.

두 번째는 끊임없이 성장하며 흘러가는 강물 같은 사람이다. 이런 사람은 물리적으로 나이가 들어 머리카락이 희끗하고, 얼굴에 깊게 패인 주름이 있어도 눈빛만큼은 초롱초롱 빛나 젊은 사람 못지않은 에너지를 뿜어낸다.

무엇이 사람을 다르게 만드는 걸까. 나도 지금은 계속 성장하며 살고 싶다고 생각하지만 어느 순간 정신을 차리지 않으면 정체될 수 있다. 그래서 다양한 사람을 만나며 성장 욕구가 강한 사람들의 공통점을 계속해서 찾아보았고, 그 결과 나름대로 정리한 특징은 이러했다.

1. 호기심을 잃지 않는다.
2. 현재 알고 있는 게 다라는 태도를 지양한다.
3. 배움을 멈추지 않는다.

    어린 시절에는 대부분 왕성한 호기심을 갖고 있다. 왜냐하면 세상에 아는 것보다 모르는 게 더 많은 시기이기 때문이다. 이제 막 학교를 벗어나 현실 사회에 진입하는 20대까지만 해도 세상에 대한 호기심이 대체로 많다. 이전까지 경험하지 못한 어른들의 세계를 탐험하고, 경험하면서 매일이 새롭게 느껴진다.

    하지만 30대가 되면서 분명한 변화가 생긴다. 나 역시 좌충우돌하던 20대를 지나면서 사회가 어떻게 돌아가는지 배우고, 일도 익숙해지고, 인간관계도 예전과는 다른 양상으로 흘러가는 걸 경험하면서 세상을 보는 태도가 확연히 달라졌다.

    새로운 것보다는 익숙하게 느껴지는 게 많았고, 호기심보다는 시니컬한 눈으로 세상을 바라보기도 했다. 세상의 이치를 웬만큼 깨우친 것 같다는 오만한 생각을 한 적도 있었다.

하지만 다행히 그런 생각이 들 때마다 진짜 고수들을 만나면서 내가 아는 세계는 작은 연못에 불과하다는 사실도 배웠다. 무엇보다도 호기심을 잃는 순간 세상은 재미없고 따분한 곳으로 전락한다는 중요한 사실도 깨닫게 되었다.

○

내가 모르는 것을 알 수 있다면

사회에서는 1년 차는 1년 차끼리, 2년 차는 2년 차끼리 경쟁하지 않는다. 신입과 베테랑이, 프로와 아마추어가 한데 뒤섞여 경쟁한다. 어떤 경쟁에서는 노하우가 많은 사람이 상대적으로 유리하기도 하지만, 어떤 경쟁은 꼭 그렇지만도 않다. 오히려 정반대의 상황이 발생한다. 왜냐하면 세상은 끊임없이 변하기 때문이다.

나는 방송국에서 10년 넘게 일했지만 여전히 모르는 게 많다. 방송에 대해 꽤 알고 있다고 착각했던 적도 있었지만, 요즘에는 일을 할수록 내가 아는 것은 기껏 '업계 일부의 세계'라는 것도 알게 되었다.

사람들은 보통 내가 모르고 있다는 사실조차 모른다. 공부하는 사람만이 자기가 무엇을 모르는지 안다. 또 정말 아는 것과 알고 있다고 생각하는 것은 천지 차이인데, 사회에서는 이를 드러낸다 해도 굳이 지적하지 않는다. 조용히 속으로 평가할 뿐이다.

호기심 가득한 어른이 되기까지

세포 분열의 과정에서 새로운 세포는 계속 생성되고, 죽은 세포는 떨어져 나간다. 수억만의 세포도 그런 과정을 반복한다. 우리는 흔히 대학을 졸업하면 공부를 멈춘다. 그런데 대학교 때까지 배운 것은 오로지 '사회로 나오기 위한' 공부일 수밖에 없다. 초·중·고등학교 12년과 대학 교육에서 배운 걸 평생 써먹겠다고 생각한다면 금방 도태된다.

물론 매일 퀴즈나 시험을 보는 것은 아니지만, 우리는 매번 다른 유형의 시험을 보고 있는 거나 다름없다. 매일 선택의 기로에 서 있고, 더 나은 선택을 하기 위해 부단히 애쓴다. 그때마다 후회 없는 선택을 하기 위해서는 매일 변하는 세상의 속도에 적응해야 한다.

하지만 어느 순간 분명 한계가 온다. 일을 하다 보면 이 정도면 충분하다는 마음, 나름대로 최선을 다했다는 합리화가 생긴다. 하지만 배움 없이 어느 정도의 수준에서 그치고 말면, 더 이상 앞으로 나아갈 수가 없다. 그런 자기만족에 안주하지 않기 위해서라도 공부가 필요한 것이다. 알아야 보이고, 보이면 채우고 싶어진다.

"연습을 하루 안 하면 내가 알고, 이틀을 안 하면 비평가가 알고, 삼 일을 안 하면 전 세계가 안다."

첼리스트 장한나의 말이다. 나는 죽는 날까지 호기심 가득한 어른으로 살고 싶다. 다 안다고 생각하지 않고, 아는 체도 하지 않고, 점잖은 척도 하지 말고, 세상에 대한 공부를 멈추지 않는 어른 말이다. 그게 곧 늙지 않는 유일한 방법이라고 생각한다.

우리는 '있는 그대로의 내 모습을 사랑하사'라고 자주 말한다.

하지만 그 말에는 약간의 함정이 있다고 생각한다.

이 말의 원래 의미는 남과 비교하지 말고

자신의 모습 그대로를 사랑하자는 의미일 것이다.

하지만 가끔은 그 말에 기대서

자신의 부족함과 게으름을

합리화하고 있는 것은 아닐까?

5장

진짜 승부는
30대부터

인생을 일종의 게임이라고 한다면 진짜 게임이 시작되는 건 30대부터라고 생각한다. 물론 그 이전에도 나름의 치열한 게임을 통해 승자와 패자가 나뉠 수 있지만, 그때는 주로 타고난 것을 가지고 경쟁한다. 외적인 것, 즉 눈에 보이는 것이 빛나 보이기에 그 부분에 더욱 집중하는 시기이기도 해서 뛰어난 외모나 멋진 체격 조건을 가진 사람이 경쟁에서 유리한 고지를 점하는 것처럼 느껴진다. 하지만 시간이 지나면 곧 알게 된다. 타고난 것만으로는 승부할 수 없다는 것을.

아나운서라는 직업도 유독 그런 시선을 많이 받는 직업

중 하나다. 물론 뛰어난 외모를 가진 사람은 눈에 띄기 마련이다. 하지만 외모로 주목받는 데에는 분명히 한계가 있다. 아무리 멋진 외모를 가지고 있다고 해도 1년, 2년 시간이 지나면 시청자들은 더 이상 새로운 매력으로 받아들이지 않는다. 신입 아나운서가 가진 풋풋함은 곧 새로운 신입 아나운서의 차지다. 물론 잘 관리하면 수명을 조금 연장할 수는 있지만 영원히 지속되진 않는다.

°

성실하게 쌓이는 시간의 힘을 믿으며

아나운서 지망생 친구들을 만나 고민 상담을 해준 적이 있다. 주로 아나운서가 되기 위해 무엇을 어떻게 준비해야 하는지, 실제 아나운서의 생활은 어떤지 묻곤 했는데 그때 빠지지 않는 질문 중 하나가 외모에 대한 것이었다. 아나운서를 하려면 예뻐야 한다는 생각이 지배적인 듯 보였다.

그때마다 '호감 가는 이미지'를 갖는 게 중요하다고 답하는데, 누군가는 그게 더 어렵다고도 말한다. 맞는 말이다. 그래서 중요한 것이다. 눈빛, 몸에 배어 있는 태도, 말투, 평소의 행실과 같이 한마디로 딱 잘라 말할 수 없는 태도가 갖춰져야 하기 때문이다. 이는 짧은 시간에 쌓을 수 없는 것들이다.

오디션 프로그램에 도전할 당시, 누가 봐도 화려하고 예쁜 지원자가 많았지만 주눅 들지 않았다. 주어진 것보다 쌓아갈 것들이 더 중요하다고 생각했고, 그래서 무엇보다 내가 가진 가능성을 더욱 피력하기도 했다.

사람들은 노력과 상관없이 운 좋게 얻은 것보다 오랜 시간 노력으로 쌓아온 것들을 알아보고, 그 가치를 인정해준다. 그래서 시간이 지나면 사라져 버릴 것들이 아닌 매일의 습관, 건설적인 생각, 성실하고 우직하게 쌓아올리는 하루하루를 믿었다. 그렇게 10년이 지나니 나를 수식하는 단어도 이전보다 다양해졌음을 느낀다.

사람마다 가진 무기도, 역량도 다르다. 어쩌면 지금 당장은 내가 가진 무기가 누군가의 탁월함에 가려져 보이지 않을 수도 있다. 하지만 자신을 믿고 포기하지 않으면 분명 때가 온다. 시간과 함께 쌓여가는 '무언가'에 집중해야 할 이유다.

내가 5분 코너를 별것 아니라는 생각으로 임했다면,

다른 사람들이 나를 믿고 일을 맡겨주었을까?

그런 마음까지 간파당하지 않았을까?

방송인으로서 신뢰받을 수 있을까?

게다가 그런 대충의 시간이 쌓여서

결국 대충에 익숙해진 사람이

과연 중요한 일을 앞두고

200퍼센트 능력을 발휘할 수 있을까?

다정함은

체력에서
나온다

"네가 이루고 싶은 게 있다면 체력을 먼저 길러라. 후반에
무너지는 이유는 체력의 한계 때문이다."

_드라마 〈미생〉 중에서

어렸을 때부터 입이 짧고, 쉬이 탈이 나는 체질 덕분에 몸
에 좋다는 건 이것저것 다 먹어보았다. 크게 효과 본 것은
그다지 없다. 강하지 못한 체력을 가졌기에 더 강한 정신
력을 가져야 한다고 생각했고, 그것만이 경쟁에서 밀리지
않는 방법이라고 믿었다.

반은 맞고, 반은 틀린 생각이었다. 물론 체력을 지배하는

것은 정신력이라는 생각에 변함은 없지만, 그래도 더 좋은 체력을 가지면 좋겠다는 생각을 자주 하기 때문이다. 다행인 것은 약한 체력에 대한 의식을 일찍이 가져서 고등학교 시절부터 꾸준히 운동을 습관화해 왔는데, 그 덕에 지금까지 큰 병 없이 지낼 수 있었다.

。

마음과 생각의 근력을 기르기 위해서는

일을 하다 보면 어느 순간 '이 정도에서 마무리하자'라며 타협하고 싶은 순간이 찾아온다. 체력이 약해지면 쉽게 포기하고 싶어지고, 쉽게 타협하게 된다.

그나마도 얼마 없는 체력을 일에 쏟고 나면 인간관계를 위해 쓸 에너지는 남아 있지 않다. 인간관계도 결국 대화하고, 때로는 함께 만나며 복잡한 감정을 교류하는, 결국 에너지를 써야만 가능한 과정의 결합체이기 때문이다. 내 몸 하나 건사하기 어려운 컨디션으로는 남을 챙길 마음의 여유가 사라진다. 컨디션이 좋을 때는 '그럴 수 있지' 하던 일들이 쉽게 거슬려 뾰족한 감정을 전하게 되고, 특히 가까운 사람에게 쉽게 상처를 주기도 한다.

　그래서 나는 운동을 꾸준히 한다. 일정이 많지 않으면 주 3~4회, 일정이 많으면 주 2회에 그치기도 하지만 절대 놓지는 않는다. 머리가 복잡할 때도 몸을 움직이는 게 효과적이라는 걸 알기에 몸과 마음이 무거울수록 수면을 충분히 취하고 식사를 한 뒤 운동부터 하러 간다.

　기본적으로는 웨이트 트레이닝을 선호하지만, 상황이 여의치 않다면 가벼운 산책도 좋다. 당대 저명한 철학자들이 산책을 즐겼했다는 것은 많이 알려진 사실이다. 가만히 앉아서 생각에만 빠져 있기보다 햇볕을 쬐며 가볍게 걸으면, 뇌에 적당한 자극이 주어져 생각 정리에도 도움을 준다. 그래서 하나의 생각에 며칠째 매달려 있을 때는 더 깊게 생각하기보다 우선 운동화를 신고 걸으러 나간다. 천천히 풍경을 보며 걷다 보면 불현듯 의도하지 않은 순간에 해결의 실마리를 찾는 경우도 많기 때문이다.

　생각은 굉장한 체력을 요구한다. 많이들 아는 이야기이지만 세계적인 작가 무라카미 하루키도 "예술적 감수성만큼이나 중요한 것은 물리적인 힘(체력)"이라고 하지 않았나. 그런 의미에서 한정된 에너지를 중요한 데 사용하는 것은 중요한 일이다.

　기름통이 작은 차는 상대적으로 자주 주유소에 들러줘야 하는 번거로움이 따른다. 더불어 정작 중요한 곳을 가야 할 때 기름이 뚝 떨어질 수도 있다. 인생에는 언제나 변수가 존재하고, 내가 통제할 수 있는 상황은 생각보다 많지 않다. 그래서 그런 변수를 대비해 체력을 미리 관리해 두어야, 원하는 때에 원하는 일을 최선의 컨디션으로 수행할 가능성이 커진다.

"나 슬럼프인가 봐. 이럴 때는 어떻게 해야 해?"

동생이 시큰둥하게 대답했다.

"바닥까지 가 봐야지, 뭐."

도망쳐야 하는 게
없다면

휴가는
필요하지 않아

한때는 방송을 많이 하는 게 무조건 좋았다. 쉼 없이 일정을 소화하는 게 버겁게 느껴지기보다 더 다양한 것을 경험하고 싶었고, 내가 무엇을 더 할 수 있을지 고민하는 과정이 즐거웠다. 맡겨진 역할 이상의 몫을 하고 싶다는 생각에 일을 찾아다녔다.

역량이 부족해서 혹은 챙겨야 할 것을 놓치고 있는 것은 아닐까 하는 막연한 두려움에 자발적으로 야근하고, 퇴근한 뒤에도 일에 대해 생각했다. 일을 잘하고 싶으면 이렇게 사는 게 당연하다고 생각했다. 하지만 음악의 악보에도 언제나 적당한 곳에 쉼표가 있듯, 쉼 없이 계속 몰아세우는 것도 능사는 아니었다.

이제 라이브에 익숙해졌지만, 여전히 스튜디오에 온에어(On Air) 등이 켜지면 몸이 경직된다. 실수가 용납되지 않는 환경에서 혹시 모를 사고를 염두에 두고 생방송을 진행하는 것은 많은 집중력을 요하는 일이다. 하지만 스스로 몰아칠수록 컨디션은 원하는 만큼 회복되지 않았다. 무겁고, 험악한 뉴스를 전하는 것이 버겁게 느껴지는 날도 늘었다.

원하는 곳에 에너지를 발휘하려면, 다른 곳에서는 에너지를 아껴야만 했다. 역설적으로 중요한 일을 할 때 실수하지 않고, 좋아하는 일을 오래 하려면 항상 전속력으로 달리기보다 페이스 조절이 필요하다는 것을 알게 됐다. 삶과 일을 동일시하기보다 적당히 분리하는 법을 알수록 오히려 일에 집중할 수 있었다.

소중한 일상을 더 잘 지키기 위한 방법

그래서 쉬는 날만큼은 되도록 '일 모드'에서 벗어나려고 노력했다. 아나운서 강지영이 아닌 인간 강지영이 하고 싶은 일에 집중하면서 잘 휴식하기 위한 방법들을 찾았다. 처음에는 완벽한 집순이 모드로 주중에 부족했던 잠을 보충하고, 늘어지고 싶은 만큼 실컷 이불 속에서 아늑한 시간을 보냈다. 하지만 그것만으로는 부족했다.

그때부터 도심을 벗어나 자연을 찾기 시작했다. 주말이면 기차를 타고 훌쩍 떠났다. 어디여도 상관없었다. 기차역이 있는 곳이라면 어디든 좋은 여행지였다.

창밖 풍경이 빌딩에서 논밭으로 바뀌는 걸 바라보는 것만으로도 좋았다. 배낭 하나 메고 뚜벅뚜벅 이곳저곳을 걸으며 처음 가보는 자연을 알게 되는 모든 순간이 내게는 휴식이었다. 별다른 목적 없이 걷다 보면 도심에서 정신없이 질주하던 마음이 차분해지고, 길가에 핀 들꽃을 따라가다 보면 사방으로 뛰어다니던 생각도 자연스레 정리되는 것 같았다. 마음에 여유가 생기자 새삼 소소한 것들이 특별해지고, 소중해지기도 했다.

멀리 떠날 수 없는 날에는 나만 아는 장소를 만들어 그곳으로 도망쳤다. 유독 마음이 힘들거나 울적한 날에는 그곳에서 아무 생각 없이 앉아 있거나, 좋아하는 노래를 실컷 듣고 돌아왔다. 특별한 걸 하지 않아도, 홀로 시간을 보내는 것만으로도 숨통이 트였다. 나를 위로해 줄 공간이 있다는 것 자체가 도움이 되었다.

취미 생활을 갖는 것도 좋은 방법이었는데, 평소에 요리하는 걸 좋아하는 나는 쉽게 시도할 수 없는 음식들을 만들어보는 시간이 특히 즐거웠다. 메뉴를 구상하기 위해 자료 조사를 하고, 직접 코스를 짜고, 재료를 준비하는 모든 과정 동안 방송이 아닌 다른 주제에 뇌를 쓰니 새로운 자극을 받는 듯도 했다. 요리의 과정을 영상으로 담기도 했는데, 매일 카메라 앞에서만 일을 하다 카메라 뒤에서 직접 제작자의 마음으로 영상을 만드는 것도 새로운 경험이었다.

방송을 하다 보면 공통적으로 방송 후의 공허함에 대해 자주 이야기한다. 계속해서 쏟아내 보여줘야 하는 직업이기 때문에 비워낸 만큼 채우지 않으면 쉬이 바닥이 드러나기 때문이다. 반드시 충전이 필요한 이유다.

제임스 므라즈의 〈Everything is sound〉에는 이런 가사가 나온다.

You don't need a vacation when there's nothing to escape from.

도망쳐야 하는 게 없다면 휴가는 필요하지 않아.

나는 나의 일과 일상을 사랑한다. 하지만 휴식이 필요한 순간 과감하게 그것을 택할 줄 알아야 일과 일상에 대한 애정을 더 오래 간직할 수 있다는 걸 이제는 안다.

나에 대한 평가도 내가 한 '일'에 대한 평가이지,

나라는 '사람' 전반에 대한 평가가 아니라는 것도 알게 됐다.

그렇게 생각하니

남들의 말을 좀 더 여유 있고 의연하게 받아들일 수 있었다.

과거도,
미래도 아닌

오늘에
집중하기

'놀 때 놀고, 공부할 때 공부하자.'

　학창 시절 친구가 입에 달고 다니던 좌우명이었다. 그 친구는 성적이 갑자기 눈에 띄게 오른 것도, 삶을 보는 관점이 달라진 것도 좌우명 덕분이라고 말했다. 일찌감치 인생의 교훈을 터득한 것도 놀라웠지만, 그걸 실천하는 친구가 어른스럽다고 생각했다.

　사실 간단해 보이는 이 말을 행동으로 옮기기란 생각보다 쉽지 않다. 어른이 되어서도 마찬가지였다. 놀 때 어설프게 일에 대해 고민하거나, 일할 때 이상하게 놀고 싶다는 생각을 하면서 주어진 상황에 100퍼센트 집중하지 못

하는 경우가 많았다.

인도의 한 구루는 이렇게 말했다.

"어제를 생각하다 보면 후회를, 미래를 생각하다 보면 걱정을 하기 때문에 현재를 생각해야 답을 찾을 수 있다."

지나간 과거는 돌이킬 수 없고, 앞으로 닥칠 미래는 알 수 없기 때문에 지금 당장 주어진 상황에 최선을 다해야 한다는 말이다. 그래서 나는 자기 전에 하루를 정리할 때, 후회하거나 미리 걱정하기보다 지금 내가 어떤 상황에 놓여 있는지를 가장 깊게 고민한다. '현재'를 파악하려고 애쓰다 보면 자연스레 내가 이 상황을 어떻게 타개해나갈지 자연스럽게 아이디어를 얻을 수 있기 때문이다.

그래서 지금도 '놀 때 열심히 놀고, 일할 때 열심히 일할 것', 즉 '현재에 존재할 것(Be present)'이라는 단순한 진리를 가장 중요한 철칙으로 세우고 있다.

∘

하루의 의미를 만드는 법

나는 재즈를 좋아한다. 악보에 충실해야 하는 클래식 음악

과는 달리 재즈는 연주자마다 각자의 스타일대로 연주하는 게 매력이다. 큰 일탈 없이, 굳이 나누자면 재즈보다 클래식 같은 삶을 살아왔다고 스스로 느끼기에 변주가 많은 재즈 같은 삶을 동경했다.

하지만 재즈에도 곡의 중심을 잡아주는 클래식 코드가 필요하듯, 재즈 같은 삶을 살기 위해서는 일상의 중심을 잡아줄 기본 루틴이 있어야 한다는 걸 예전에는 잘 몰랐다. 비슷한 시간에 일어나 잠들고, 주기적으로 운동하고, 건강한 식습관을 위해 노력하는 모습이 마치 쳇바퀴 속 다람쥐 같다는 생각도 들었다. 뭔가 새롭고 색다른 걸 찾아야 진부한 삶에서 벗어나 더 흥미롭고, 남과 다른 삶을 살 수 있을 거라는 착각에 빠져 괜한 시도를 하기도 했다. 엉뚱한 시도 때문에 수면 시간이 흐트러지고, 잘못된 생활습관으로 고생하면서 결국 매일의 루틴을 지켜야만 오히려 바라던 재즈 같은 삶을 살 수 있다는 걸 배웠다.

오늘도 크게 다르지 않은 하루를 살았다. 똑같이 출근해서, 매일 보는 팀원들과 회의하고, 어제와 다르지 않은 일을 했다. 하지만 관점을 바꾸고 능동적인 태도로 일상을 대하면 하루의 의미는 조금 더 깊어진다. 일상과 연결성이 없는 과감한 경험을 계획하는 것도 좋지만 평소 안 가던 길로 산책하고, 색다른 음식을 주문해 보고, 평소 목례만 하던 같은 회사 동료에게 안부를 묻는 것만으로도 하루의 의미를 만들어낼 수 있다.

5분 의미 있게 보내려는 노력을

12번만 하면 1시간이 되고,

의미 있는 1시간이 모여

의미 있는 하루를, 한 달, 1년을 만든다.

지금 내게 주어진 순간에 오롯이 집중할 것,

시간의 유한함이 알려준 진리였다.

욕심내지
않고,

지금 할 수 있는
만큼만

하루가 너무 짧다고 느낀다면 '플랭크(Flank)'를 하라는 우스갯소리가 있다. 플랭크 자세로 1분을 버티는 게 생각보다 쉽지 않기 때문이다.

1분, 2분…. 무언가를 할 수 있는 시간으로도 여겨지지 않는 짧은 시간이지만, 1분, 2분, 5분이 모여 하루, 일주일, 한 달이 된다.

전원은 켜두었지만 기계가 가동되지 않는 시간을 유휴 시간(Idle time)이라고 한다. 출근하고 회의 들어가기 전 10분, 점심 식사를 하고 다시 업무에 들어가기 전 10분, 녹화 대기 시간 20분…. 일정 사이마다 고여 있는 시간은 늘 있다. 앞서 언급한 시간만 합해도 40분으로, 깨어 있는 시간을 대략 16시간이라고 한다면 약 4퍼센트에 해당하는 시간이다. 고작 4퍼센트라고 생각할 수 있지만 4퍼센트를 매일 활용한다면 이야기는 달라진다.

。

작은 성취감이 주는 힘

나의 일과 중 가장 큰 유휴 시간은 출퇴근 시간이다. 왕복 1시간 30분 정도인데, 나는 주로 이 시간에 영어 라디오를 듣는다. 틀어놓는 것만으로 리스닝에 도움이 되지만, 좋은 표현은 직접 문장을 따라 읽거나 잘 들리지 않는 단어나 마음에 드는 표현을 기억해 뒀다가 직접 찾아보고 암기한다.

점심을 간단히 먹을 때는 30분가량 시간이 남기도 하는데, 그럴 때는 부담 없이 명상이나 산책을 한다. 외부에 나가기 어려울 때는 인터넷 강의를 찾아 듣기도 한다. 15분짜리 강의 두 개 정도를 들으면 자투리 시간도 잘 활용한 것 같은 성취감이 들어 좋다.

명상도 좋아하는데, 내게 명상이란 '지금 여기'에 존재하는 것을 실감하기 위한 노력이다. 대개 사람들이 걱정하는 이유는 생각이 과거나 미래에 가 있기 때문이다. 그런데 명상을 하면서 심장 박동과 몸의 미세한 움직임에 집중하다 보면 지나간 시간이나 먼 미래가 아닌 지금의 나에 집중할 수밖에 없다.

명상을 어렵고 거창하게 생각할 필요는 없다. 요즘에는 유튜브나 애플리케이션으로 누구나 쉽게 따라 할 수 있고, 틈틈이 하는 것으로도 충분한 도움이 된다. 특히 방송을 들어가기 전에 나는 명상을 하며 호흡부터 다스리는데, 긴장감도 완화되고 경직된 성대도 부드럽게 풀린다. 출근해서 차에서 내리기 전, 사무실에 아무도 없을 때, 머릿속이 무겁고 집중력이 떨어질 때도 호흡을 가다듬고 생각을 비워 내려고 한다.

해외의 유명 뇌 과학자는 5분간의 호흡만으로도 급격하게 스트레스 수치가 감소한다고 했는데, 성인 평균 1분에 10~12회 호흡한다고 하니 50~60번의 호흡만으로 스트레스를 조절할 수 있는 셈이다.

순간에 오롯이 집중하기 위하여

효율적으로 일하는 방법을 찾는 것도 좋지만, 무심하게 흘러가 버리는 틈새 시간을 적극적으로 활용하면 이 또한 성장의 밑거름이 될 수 있다. 지나친 욕심을 내지 않고, 할 수 있는 만큼만 무리하지 않는 것이 실천을 위한 전략이다.

요즘에는 의미 있게 살기가 생각보다 쉬울 수도 있겠다는 생각을 한다. 5분 의미 있게 보내려는 노력을 12번만 하면 1시간이 되고, 의미 있는 1시간이 모여 의미 있는 하루를, 한 달, 1년을 만들기 때문이다.

지금 내게 주어진 순간에 오롯이 집중하는 것, 시간의 유한함이 알려준 진리다.

"어제를 생각하다 보면 후회를,

미래를 생각하다 보면 걱정을 하기 때문에

현재를 생각해야 답을 찾을 수 있다."

나 자신과

잘 지내기
위하여

제주도에 당일 여행을 떠난 적이 있다. 연달아 굵직한 일정들을 소화하면서 몸과 마음이 지쳐서 충동적으로 결정한 것이었다.

회사 일이 몰려 있을 때는 더욱 개인 일정을 자제하고, 일 우선으로 일정을 짜는 편이다. 무리했다가 컨디션이 안좋으면 얼굴에 잘 드러나는 편이기 때문이다. 막상 일이 몰릴 때는 긴장감 덕분에 괜찮은 것처럼 느껴지지만, 진짜상태가 드러나는 것은 항상 모든 일이 끝나고 난 후다.

많은 것을 소진한 기분이 들 때면 충전할 시간이 필요했다. 그곳에서 무엇을 할지는 중요하지 않았다. 내가 바라는 건 '묵언 수행' 비슷한 것이었다. 평소 말하는 게 일이다 보니 퇴근 후에는 급격히 말수가 줄어드는데, 그래서인지 말하지 않고 할 수 있는 취미 생활을 선호하게 된다.

정해진 것 없는 여행을 다니며 특별한 무언가를 하지는 않았지만 때로는 계획이 없이, 발길 가는 대로 가다 보면 마음이 차분하게 정화되는 것을 느낀다.

。

달갑지 않은 모습조차 안아주기

사회생활이란 나의 상태, 주변 상황, 돌변 변수와 상관없이 '결과'를 보여줘야 하는 곳이다. 그래서 돌아볼 시간보다는 당장의 과제를 처리하기 바쁘다.

하지만 그럴 때 내가 어떤 감정을 느끼는지 알아주는 것으로 나를 돌봐주려고 한다. 가끔은 여행을 떠나 나 자신과 대화할 시간을 깊게 가져 보기도 하고, 새로운 취미를 통해 무엇을 할 때 즐겁고 흥미롭다고 느끼는지 알아가는 것도 모두 그 일환이다. 사랑이란 알고 이해하는 것에서부터 시작되는 거니까.

그렇다고 시간이 충분할 때만 나를 돌보는 것은 아니다. 반복되는 일상 속에서도 실천할 수 있다. 가령 나는 퇴근 후 집에 돌아오면 잠들기 전 책상에 앉아 하루를 정리한다. 하루 종일 보고 느낀, 일종의 '입력'된 정보들을 작은 종이 위에 '출력'해 본다. 무의식적으로 지나쳐 버릴 수 있는 의미 있는 순간을 내 것으로 만드는 방법이다.

좋아하는 책의 문구에 형광펜을 꺼내어 밑줄을 긋는 것도, 가장 편한 옷을 입고 아껴두었던 영화를 보는 것도 나 자신에게 사랑을 표현하는 방식이다. 그래서 이제는 혼자 보내는 시간을 내심 기다리게 된다.

나 자신을 사랑한다는 것은 달갑지 않은 내 모습조차도 포용하겠다는 의지와 그런 나에 대한 믿음을 갖는 것 아닐까. 그런 내가 좋아하는 것, 잘하는 것, 잘하고 싶은 것을 알아가고 그 모습에 가까워져 가는 과정에서 나와의 관계는 더욱 단단해진다.

나는 아나운서가 되기 어려울 거라는 말을 숱하게 들었다.

하지만 그들의 말에 괘념치 않고 일단 도전했고,

그 선택에 대한 대가를 치르며 여기까지 왔다.

만약 다수라고 여겨지는 의견을 따라갔다면

내 인생은 어떻게 됐을까?

타인의 의견은, 타인의 의견일 뿐이었다.

때로는
잘해야 한다는

마음도
내려놓고

비교적 최근까지만 해도 취미가 뭐냐고 묻는 질문에 딱히 답이 떠오르지 않았다. 책 읽는 걸 좋아한다고 하기엔 뭔가 평범한 듯했고, 운동이라고 하기엔 취미라기보다 생존에 필요한 무엇에 가깝다는 생각이 들었다. 조금 더 구체적인 취미를 말하고 싶다는 충동을 느끼면서 동시에 일에 도움이 되는 취미를 탐색하고 싶었다.

그때 막연히 생각해 오던 '영상 편집'에 도전해 보기로 했다. '영상 제작자'에 대한 오래된 로망도 물론 있었지만 '편집을 직접 해보면 일을 할 때 영상을 좀 더 자세히 이해할 수 있지 않을까'라는 생각도 있었기 때문이다. 게다가 유튜브의 영향력이 커지고 있는 시점에서 영상 편집은 더할 나위 없이 좋은 취미가 될 수 있을 것 같았다.

처음 영상 편집을 할 때는 꼬박 밤을 새우며 영상을 만드는 과정이 재미있었다. 카메라 앞에서만 일을 했던 터라, 직접 카메라를 들고 영상을 찍는 것 자체가 새로운 경험이었다. 게다가 촬영한 영상을 툭툭 잘라 이어붙이니 그럴듯해 보이는 결과물이 나오는 것도 신기했다.

하지만 퇴근하고 편집하는 일상이 반복되면서 피로가 쌓였다. 잠들기 전까지 편집을 하다 보니 깊게 잠들지 못했고, 특히 눈과 허리에서 통증이 생겼다. 게다가 조금씩 이어붙이던 수준을 벗어나 점점 더 완성도 있는 영상을 만들고 싶다는 욕심이 생기면서 이펙트, 포토샵 같은 전문 분야에 대한 공부가 필요하다는 것도 느꼈다.

분명 영상 편집을 취미로 하면서 얻는 이점도 있었다. 가령 어떤 과정으로 영상을 만들어내는지에 대한 이해가 깊어졌다. 가장 큰 변화는 영상 수정의 번거로움을 알게 되었다는 것이다. 일의 수고로움과 결과물 이면에 담긴 제작자의 마음을 조금이나마 알 수 있었다. 그리고 출연분에서 수정을 요청할 때도, 예전 같으면 "이 부분이 좀 더 도드라지면 좋겠어요"라고 이야기한 수준이었다면 지금은 "여기서 자막으로 한 번 더 짚어주고, 텍스트가 슥 사라지는 효과를 넣으면 좋을 것 같아요"라고 더욱 구체적으로 피드백할 수 있게 되었다. 무엇보다 방송의 결과물이 PD들의 피, 땀, 눈물이 담긴 작업이었다는, 그동안 머리로만 알았던 지점을 가슴으로 깨닫게 되었다.

하지만 결과적으로 영상 편집은 내가 찾던 취미일 수 없었다. 일의 연장선상이라는 느낌을 지울 수 없었기 때문이다.

여정 가운데 만나는 것들

일과 관련 없는 취미를 찾기 위해 그간의 관심사를 톺아보기 시작했다. '어릴 때 좋아한 게 무엇이었을까' 떠올려보니 가장 먼저 그림 그리기가 떠올랐다. 어린 시절의 좋은 추억을 떠올리며 유화 그리기를 시작했는데, 어린 시절의 느낌과는 사뭇 다른 경험이었지만 하얀 바탕에 색을 채워가는 과정은 여전히 나를 신나게 했다. 잘못 그려도 다른 색으로 덮을 수 있다는 것이 유화의 매력이었다.

화실을 가득 채우는 백색소음, 캔버스에 붓이 닿을 때의 감촉, 오일 냄새와 뒤섞인 물감 냄새. 빛에 따라 달리 보이는 물체를 바라보고, 여러 색을 뒤섞어 원하는 색을 찾는 과정을 반복하다 보면 어느새 시간이 훌쩍 지났다.

새로운 취미를 찾으며 '내가 이런 데에도 관심이 있었구나'라는 걸 알게 되는 과정이 좋았다. 사실 나는 여전히 새로운 취미를 탐색 중이다. 취미는 말 그대로 취미일 뿐이니 잘해야 한다는 강박도, 계속해야 한다는 압박도 느낄 필요는 없다. 단, 기타로 세 곡 치는 것이라는 소기의 목적을 달성했다면 그것에 만족하고 또 다른 취미를 찾아 나선다. 또 다른 나의 모습을 찾기 위한 여정 가운데 새로이 만나는 사람들과 그들이 사는 다른 세상과 다른 생각을 엿볼 수 있다면 더할 나위 없다.

도망쳐야 할 게 없다면,

휴가는 필요하지 않아.

조금씩 나를
성장시키는
시간의 법칙

❖

해야 하는 일,
하고 싶은 일,
하면 좋은 일

하루를 시작할 때는 계획한 일과를 모두 소화할 수 있을 듯 여유롭다. 하지만 하루를 마무리할 때는 '한 것도 없이 시간이 다 지나갔네…'라고 생각하기 쉽다.

내가 하루 중 어디에 시간을 많이 할애하는지 정리하니 좀 더 구체적인 계획이 필요하다는 생각이 들었다. 좀 더 의미 있게 시간을 활용할 수 있다면 1년 뒤, 3년 뒤, 5년 뒤 의 커리어에도 도움이 될 거라는 확신도 물론 들었다. 이 를 위해 우선 내가 무슨 일을 하며 시간을 보내는지를 크 게 해야 하는 일, 하고 싶은 일, 하면 좋은 일로 구분했다.

○

나는 어떻게 시간을 보내고 있을까

우리는 보통 시간을 어떻게 보낼까?

크게 '해야 하는 일', '하고 싶은 일', '하면 좋은 일'을 하며 시간을 사용한다. 사람마다 기준은 다르겠지만, '해야 하는 일'이란 삶을 유지하기 위해 필수적으로 해야만 하는 일들일 것이다. 먹고 자는 것, 경제적 주체로서 돈을 벌기 위해 수행하는 행동, 즉 '일'과 그 일을 수행하기 위한 부수적인 모든 행위 예를 들면 일, 샤워, 통근, 식사가 포함될 것이다.

나에게 '해야 하는 일'이란 방송을 위한 모든 과정이다. 체력 관리부터 전반적인 컨디션 관리도 여기에 포함된다. 그래서 운동을 하고, 목 관리를 위해 평소 발성, 발음 연습도 해야 한다. 뉴스 진행을 위해 지속적으로 이슈를 업데이트하며 공부해야 하고, 자사 뉴스를 포함한 타사 뉴스 모니터링을 하는 것도 물론이다. 인터뷰 일정이 있을 때는 관련 자료 수집 및 타 인터뷰 프로그램을 챙기고, 꾸준히 유튜브를 보며 콘텐츠 시장의 변화를 직접 알아야 한다.

그다음 '하고 싶은 일'이란 영화 보기, 책 읽기, 여행하기, 유튜브 시청 같은 비교적 쉽고 재미있는, 그래서 하고 싶은 일들이 해당된다. 최근 나의 일상에서는 유튜브 영상 촬영·편집하기, 실내 클라이밍이나 유화 그리기, 체스 배우기, 책 읽기 같은 것들이다.

마지막으로 '하면 좋은 일'은 꼭 해야 하는 것은 아니지만, 하면 인생에 도움이 되는 일을 말한다. 운동, 외국어 배우기, 독서와 같은 여러 자기계발 활동이 여기에 해당될 수 있다.

나는 최근 책을 읽는 데 시간을 많이 할애하고 있다. 이는 자기계발의 측면이 있지만, 동시에 즐거워서 하는 일이기에 '하고 싶은 일'과 '하면 좋은 일'이 교집합이다. 시간을 허비하지 않고 의미 있게 사용하려면 사실 '해야 하는 일', '하고 싶은 일', '하면 좋은 일'이 교집합을 이루는 것이 이상적이다. 하지만 실제 그런 일은 많지 않다.

우리는 대부분의 시간을 '해야 하는 일'에 쏟고 있다. 더 우울한 사실은 계획을 제대로 세우지 못하면 모든 시간을 '해야 하는 일'에 쏟아야 할 때도 있다는 것이다. 시간에 대해 의식하지 않으면 무엇을 위해 시간을 쓰는지도 모르는 채 흘러가기 일쑤다. 그래서 해야 하는 일, 하고 싶은 일, 하면 좋은 일에 대한 기준을 명확하게 세우는 것이 중요하다.

°

미래를 위한 시간 계획

나는 인생에서 이루고 싶은 것이 무엇인지 고민해 보며 1년 뒤, 3년 뒤, 인생 전반에 대한 계획을 세워보곤 했다. 변화가 많은 세상이기에 때로는 계획하고 예상하는 것이 의미가 있나 싶을 때도 있지만, 그래도 준비된 것과 준비되지 않을 것에는 큰 차이가 있다고 믿는다.

나의 장기 목표 중 하나는 인터뷰어로서 독보적인 실력을 갖추는 것이다. 국내뿐 아니라 영어권 인터뷰이까지도 제대로 인터뷰하고 싶은데 이를 위해 현재 내가 준비할 수 있는 것 중 하나가 영어 공부다.

이를 위해 무작정 영어 공부를 시작하기보다 장기적으로 어느 시점까지 어떤 수준으로 끌어올릴지 목표를 세웠다. 그리고 계획을 실행하기 위한 세부 계획을 따로 세웠다. 단순 영어 공부보다 해외 셀럽의 인터뷰 영상을 꾸준히 보며 어떤 질문이 좋은 질문인지 구분하고, 나라면 어떤 질문을 할지 시뮬레이션하기도 했다.

20대가 무엇을 우선순위로 정해야 할지에 대해 고민하는 시기였다면, 30대는 20대에 했던 시도들을 통해 무엇에 시간을 더 쏟을지를 결정하는 시기라고 생각한다. 시기적으로도 20대 중후반 나이부터 몇 년 정도 일을 하다 보면 어느덧 30대에 돌입한다. 20대 때는 이런저런 시도를 해보며 나에게 맞는 것이 무엇인지 알아갔다면, 30대부터는 결과를 내놔야 하는 것이다.

이전보다 더 많은 사람이 '경제적 자유'를 외친다. 경제적 자유란 무엇일까? 결국 해야만 하는 일을 줄이고 하고 싶은 일에 시간과 에너지를 쏟을 수 있는 환경을 말하는 것 아닐까?

인생의 시기마다 한정된 시간을 어떻게 쓰느냐에 따라 결국 나중에 하고 싶은 일에 쓸 시간을 더 확보할 수 있을 것이다. 그때까지는 기준을 가지고 해야 하는 일, 하고 싶은 일, 하면 좋은 일을 잘 저글링해야 한다.

＃

내가
보낸 시간이

나다

직장 생활에 슬슬 적응하면서부터 시간이 부쩍 빨리 지나 간다고 느껴졌다. 아침부터 분주하게 출근 준비를 한 후 회사에 도착하면 어느덧 9시. 주어진 업무를 하다 한숨 돌리고 시계를 보면 어느덧 오후 3~4시. 그렇게 일하다 보면 일주일, 한 달 단위로 시간이 흘러가 있는 식이었다.

그러던 중 유튜브에서 영상 하나를 보게 됐다. 컨설턴트로 보이는 전문가가 이렇게 말했다.

"당신이 어떤 삶을 살고 있는지 파악하려면 '자유 시간'을 어떻게 사용하고 있는지 확인하면 됩니다."

가령 하루 24시간 중 수면, 식사, 근무 시간 등 필수적으로 소요되는 시간을 제외하고 남은 시간 중 무엇을 하며 시간을 쏟는지 살펴보라는 의미였다. 그것이 내 인생을 말해준다는 것이다. 나는 과연 자유 시간을 어떻게 쓰고 있을까?

○

하루 일정을 기록해 보기

시간을 되돌아보는 방법은 간단하다. 먼저 노트를 펴고, 하루의 루틴을 적어본다.

① 수면 ② 업무 ③ 출·퇴근 시간 ④ 식사 ⑤ 샤워 및 준비…. 매일 반복되는 일상을 나열한 후, 각 일정에 소요되는 시간을 계산한다.

결과는 놀라웠다. 하루에 온전히 자유롭게 쓸 수 있는 시간은 채 4시간도 되지 않았다. 물론 주말에는 상대적으로 더 많은 자유 시간을 확보할 수 있지만, 평일의 경우 나에게 주어진 자유 시간은 겨우 3시간 30분뿐이었다.

이마저도 교통 체증으로 길 위에 갇히는 시간이 늘거나, 야근을 하거나, 늦잠이라도 자게 되면 더 줄었다. 나를 위

① 수면: 8시간

② 업무: 8시간

③ 출·퇴근 통근 시간: 1시간 30분

④ 식사 시간: 약 2시간

⑤ 샤워 및 준비 시간: 1시간

하루 24시간－(①~⑤) = 약 3시간 30분

해 쓰는 시간이 얼마 되지 않다는 건 어렴풋이 느끼고 있었지만, 적나라하게 숫자로 도출된 결과는 꽤 충격적이었다.

주체적으로 보내는 시간을 더 늘리기 위해 잠을 줄여 본 적도 있다. 하지만 무리하게 잠을 줄이는 것은 오히려 하루의 사이클을 망가뜨리거나 얼굴에 피로감을 드리우는 등의 부작용을 초래했다.

그래서 잠을 줄이기보다 주어진 시간을 효율적이면서 의미 있게 사용하는 데 집중하기로 했다.

자유 시간 점검하기

하루의 시간을 정리한 후에는, 나에게 주어진 자유 시간을
어떻게 활용하고 있는지 돌아봤다.

---

① 운동: 월, 수, 금 1시간씩
② 유튜브 시청: 매일 30분 정도
③ 독서: (비정기적이기는 하지만) 일주일에 30분씩 2~3회

당장 머릿속에 떠오르는 것은 운동, 유튜브 시청, 책 읽
기 정도였는데, 글로 정리해 보니 막상 다양한 활동을 하
고 있는 것은 아니었다. 그렇다고 계획적으로 일정을 보내
거나 집중하고 있는 분야도 분명하지 않았다.

운동이나 독서에 들이는 시간을 개선할 필요는 없다고
판단했지만, 운동을 하지 않거나 책을 읽지 않은 날이 문
제였다. 그런 날에도 시간은 멈추지 않고 흘러갔을 텐데
무엇을 했는지 도무지 기억이 나지 않았다. 시간은 다 어

디로 증발해 버렸을까?

매일 시간이 없어서 하고 싶은 일을 충분히 못 하고 있다는 생각이 기록을 계기로 바뀌었다. 나름 잘 관리해 왔다고 생각했지만 만족스러운 수준은 아니었고, 궁극적으로 원하는 삶을 살기 위해 시간을 어떻게 써야 하는지에 대한 힌트를 얻을 수 있었다. 시간이 없었던 게 아니라 시간을 잘 활용하지 못했을 뿐이다.

막연히 가늠해 보는 것과 기록으로 점검해 보는 것에는 큰 차이가 있다. 그리고 반드시 솔직하게, 가능한 한 구체적으로 써야 한다. 계획한 일상과 실행된 일상의 차이를 인지하면 변화할 수 있다. 답답한 현재 상황을 개선하기 위해서는 내가 인지하지 못하는 상황을 객관적으로 알아야 한다.

°

내가 한 선택을 돌아보기

건강한 객관화를 위해서는 다짐과 계획이 아닌 해온 선택을 돌아보는 게 좋다. '내가 생각한 나'와 '실제 나'의 모습에는 괴리가 있을 수 있다. 이 괴리를 판단하기 위해서는 내가 행동으로 옮겨왔던 지난 선택을 근거 삼아야 한다.

하루 1시간의 자유 시간이 주어지더라도 그 시간을 어떻게 사용할지는 오로지 자신의 선택이다. 누군가는 그 한 시간을 재충전의 시간으로, 누군가는 무의미하게 흘려보내는 시간으로, 또 누군가는 남을 돕는 시간으로 사용할 것이다.

그렇다면 일주일 동안 나는 자유 시간을 어떻게 사용하기로 선택해 왔을까? 이를 반복하며 돌아보면 목표에 따라 내가 집중해야 할 것과 나아갈 방향이 좀 더 명확해진다.

나는 '시간의 유한함'을 기억하려 애쓴다. 애쓰지 않으면 잊기 쉽다. 모두에게 공평하게 주어지는 하루 24시간이지만, 각자 완전히 다른 인생을 산다. 시간이 유효하다는 것을 깨닫게 되면서 유의미한 것과 무의미한 것을 구분할 필요를 느꼈다.

특히 코로나 시기와 맞물리면서 그 생각은 가속화되었는데, 내가 무의미한 것들에 시간을 낭비하고 있다는 걸 깨닫게 된 후로는 이전과 같이 살 수 없었다. 그렇게 살고 싶지 않았다.

중요하지 않은 일에 시간과 에너지를 쏟지 않기로 하면서부터 불필요한 감정 소모가 줄었다. 실수나 불쾌한 경험에 마음이 상해도, 그런 데 몰입하는 시간이 아깝게 느껴져서 후회하는 데 시간을 쓰기보다 실수 다음을 생각하는 게 효율적이라는 결론을 내렸다.

정리해야 할 관계도 명확해졌다. 무례한 사람을 만나도 크게 상처받지 않고 '내 인생에 중요한 사람이 아니야'라며 단호하게 넘길 수 있는 용기도 생겼다. 화나는 일이 생겨도 감정을 끊어내고, 그 일에 시간 낭비하지 않는 편이 여러모로 좋았다. 이 과정이 반복되다 보니 천천히 습관으로 자리 잡았다.

지금부터라도 소중한 시간을 어떻게 사용할지 정해보자. 그것이 결국 내 삶이 될 테니까.

지속
가능한

실행을
위해서는

전체 그림을 그려도 시작은 결국 하루다. 하루의 계획이 모여 1년, 10년, 결국 인생의 계획으로 발전하는 법이니까. 나는 보통 하루의 계획을 전날 저녁에 세운다. 그리고 아침에 일어나서는 예정된 하루 일과를 쭉 머릿속으로 그려보며 타임 라임을 정리하는 편이다.

당연한 말이겠지만 하루 일과를 정리할 때는 '날짜'를 가장 먼저 적으며 시간을 의식적으로 인지하려는 편이다. 주로 매주 수요일에 있는 회의 일정을 보고 '아, 오늘이 수요일이구나'라고 시간을 인지하다 보니 날짜에 대한 개념, 즉 시간의 흐름에 대한 개념이 흐릿해지기 쉬웠다. 그래서 매

2024. 1. ××. WED.

7:00	기상 및 운동
8:00	샤워 및 이동
9:00	출근, 기사 스크리닝
11:00	점심 식사
12:00	메이크업 (이때 인터뷰 자료 정리 필요)
14:00	뉴스룸 ○○○ 인터뷰
15:00	뉴썰 아이템 회의 (미리 아이템 정리 필요)
16:00	국장님 보고
17:00	(오후 보고 끝나고) 헤이뉴스 ○○ PD 티타임
22:00	원고 작업
23:00	취침

＊ 하루 일과 정리 예시

일 저녁 직접 날짜를 적으며 올해의 어느 즈음에 있는지 의식하려고 한다.

그다음 해야 할 일을 시간 단위로 계획한다. 가장 먼저 정하는 것은 일어날 시간과 잠드는 시간이다. 언제 눈을 뜨고, 잠들지 정해야 시간의 틀이 정해지고, 그래야 일정을 효율적으로 배치할 수 있기 때문이다. 예를 들어, 아침 일찍 스케줄이 있는 날과 여유 있는 날에 따라 운동을 출근 전에 할지 퇴근 후에 할지가 달라진다. 또 점심시간을 빼기 어렵거나 하루 종일 바쁜 날은 아침 식사도 든든히 챙겨 먹는다. 때로는 좋은 컨디션으로 일정을 소화하기 위해 자는 시간, 먹는 시간까지 계획이 필요할 때가 있다.

。

반복되는 일정까지 정리하는 이유

샤워 및 이동, 식사 시간같이 매일 반복되는 일정까지 계획표에 기록하는 이유는 하루에 필수적으로 소요되는 시간을 계산하기 위해서다. 해야 할 일을 한 후에 남은 시간은 얼마나 되는지, 언제인지 파악해야 하고 싶은 일을 효율적으로 채울 수 있다. 예를 들어, 점심시간으로 한 시간으로 계획했지만, 만약 점심을 간단하게 먹고 시간이 남으면 그 시간에 하고 싶은 일을 추가로 할 수 있게 되는 식이다.

처음부터 거창한 계획을 갖고 시작하기보다 부담 없이

시작하는 게 좋다. 마치 두꺼운 책을 읽을 때 욕심내지 않고 매일 한 챕터씩 읽겠다고 다짐하듯 말이다.

°

계획보다 중요한 것은 실행과 결과

습관을 만들기 위해서는 최소 21일, 즉 3주 정도의 시간이 걸린다고 한다. 그 말인즉, 작심삼일도 7번이면 습관이 될 수 있다는 의미다. 하루가 부담되면 하루 1시간만을 목표로 계획해도 좋다. 작은 단위의 계획일수록 시작하기에 부담이 없다.

매일 한 챕터씩 책 읽기, 영단어 10개 외우기, 30분씩 걷기처럼 목표의 단위를 작게 쪼개면 성취하기 더 쉽다. 할 만하다는 생각이 들 정도가 좋다. 관건은 '매일'이다.

같은 맥락으로 하루에 꼭 해야 하는 일도 보통 3개로 제한하는 편이다. 최근 플래너에는 해야 하는 일이 '원고 작업, 독서, 운동' 이렇게 단출했다. 3개로 제한하는 이유는 해결되지 않은 일정이 쌓이는 것 자체가 실행을 위한 동력을 떨어뜨리기 때문이다. 대신 정한 일정만큼은 절대 미루지 않는다.

만약 컨디션이 좋지 않다면 하루 일정을 좀 더 간소화하고, 컨디션 회복에 모든 노력을 쏟는다. 컨디션은 곧 일의 결과에 큰 영향을 미치기 때문이다.

계획의 본질은 수립보다 실행이기 마련이다. 아무리 대단한 계획을 세워도, 완성할 수 없다면 소용없다. 많이 하기보다 제대로 해내는 걸 목표로 두면 과정도, 결과도 만족스럽다.

보이지 않고 만질 수도 없는 시간을 유일하게 남길 수 있는 방법은 기록뿐이다. 계획표에 남겨진 기록을 통해 내가 어떻게 시간을 보냈는지 훑어보는 것 자체가 어떤 삶을 그리며 살아가고 있는지 잊지 않게 해준다. 가끔 '제대로 살고 있는 게 맞나'라는 의문이 들 때, 계획표를 들여다보는 것만으로도 많은 위안을 얻는다.

아침
시간이

결정하는
것들

아침마다 무거운 몸을 일으키기 힘든 건 누구나 마찬가지다. 미국 해군 특수부대 출신의 전사이자 《누구도 나를 파괴할 수 없다》의 저자로, 멘탈의 중요성을 강조한 데이비드 고긴스 같은 인물도 매일 새벽에 일어나 러닝을 하는 게 쉽지 않다고 고백했다.

그러나 '오늘도 밀린 일을 어떻게 처리하나⋯', '아 지루해' 같은 생각으로 하루를 시작하는 것만큼 끔찍한 것은 없다. 그래서 아침일수록 하루를 견디게 해줄 마인드셋이 필요하다.

나는 일어난 직후 5분 정도는 가만히 호흡하며, 하루 중 가장 기대되는 일을 떠올린다. 예를 들어 아침에 마실 커피 한잔을 떠올리거나, 퇴근 후 만날 친구들과의 약속, 운동에 한창 재미가 들렸을 때는 운동 갈 생각이 활력이 됐다. 사소하지만 이런 생각은 하루에 기대감을 갖게 하고, 뇌 활성화에 시동을 건다.

그런 다음 어제 저녁에 적었던 하루 일정을 머릿속으로 쭉 복기하며 몸의 컨디션을 체크한 후, 잠들었던 에너지가 깨어날 수 있도록 여러 장치를 활용한다. 좋아하는 노래를 듣거나 인센스 스틱을 피운다. 날이 좋은 날에는 창문을 활짝 열어 환기도 한다.

직업적 특성상 가장 먼저 확인하는 것은 목 상태다. 목을 가볍게 마사지하고, 약간의 허밍을 해본다. 만약 상태가 평소 같지 않다면 미지근한 물을 마신 후 꿀을 먹는다.

몸의 컨디션이 좋지 않은 날에는 평소보다 예민하고 쉽게 피로해질 수 있으니 상황을 미리 예측하고 일정을 조정해서 여러 사람을 대면하는 일을 최대한 조정한다. 억지로 컨디션을 끌어올리는 것도 되도록 피한다. 그런 시도가 오히려 스트레스가 될 수 있기 때문이다. 그래서 이런 날에는 애써 기분을 좋게 만들기보다 컨디션을 감안해 적절하게 대처하는 편이다.

○

중요한 일을 하기에 좋은 아침 시간

적당히 에너지가 활성화되면 본격적으로 아침 시간을 활용할 '한 가지'를 찾는다. 기상 후 몇 시간 동안 뇌는 굉장히 신선한 상태라고 한다. 그래서 나는 많은 전문가의 조언에 따라 이때 집중력을 요하는 일을 우선으로 처리한다.

30분에서 길게는 한 시간 안에 오롯이 집중해 끝낼 수 있는 일을 고른다. 생각을 정리하며 글을 쓰거나, 책을 읽는다. 유독 아침에 그동안 정리하지 못한 생각이나 며칠째 매달려 있던 질문에 대한 답을 얻는다. 뇌가 답을 찾기 위해 온 힘을 다한다는 느낌보다는 생각의 회로가 수월하게 움직여서 답을 도출하는 느낌이다.

인터뷰가 있는 날에는 아침 시간에 준비하기도 하는데, 확실히 당일 아침에 습득한 내용이 오래 기억에 남고, 좋은 질문을 구성하는 데 도움이 된다.

짧고 굵게 시간을 활용한 뒤에는 샤워를 하는데, 이때

아침에 했던 일들이 자유롭게 떠오르면서 생각이 정리된다. 기상부터 샤워 이후까지 아침의 루틴이 자리 잡으면 이 모든 과정이 자연스럽게 이루어져, 샤워를 마친 후에는 어김없이 한결 개운한 기분으로 하루를 시작할 수 있다.

°

잠들기 전의 감정은 습관이 된다

사실 아침은 곧 지난밤의 연장선이다. 자기 전에 한 생각과 잠들기 전의 감정 상태는 뇌에 각인된다고 한다. 그래서 만약 자기 전에 누군가를 미워하거나 후회하거나 불안한 감정에 휩싸이면 그때 편도체가 활성화된다. 편도체란 뇌에서 감정을 처리하는 부분으로, 불안, 공포와 같은 감정 기억을 만드는 부위다.

문제는 편도체가 활성화된 채 잠이 들면 이게 습관이 된다는 것이다. 즉, 잠들기 전에 화가 났다면 화내는 것이 습관이 되고, 불안했다면 불안해하는 것이 습관이 된다. 즉, 잠들기 직전 시간과 자는 시간이 다음 날에 큰 영향을 끼친다는 의미다(이 내용은 김주환 교수님의 강연 내용을 통해 배운 것이다). 실제로 자기 전에 너무 많은 걱정을 하다 보면 자도 개운하지 않고 다음 날 컨디션이 좋지 않은 경험은 누구에게나 있을 것이다.

다음 날을 위해서라도 자기 전에는 편도체를 안정시켜 주는 것이 좋은데 이때 가장 효율적인 방법이 명상이라고 한다. 그래서 나는 자기 전 15분 남짓 명상을 하며 생각을 비운다.

한 시간 정도 종이책을 읽는 것도 도움이 됐다. 가장 큰 효과를 본 것은 역시나 전자기기 차단이었는데, 나는 수면의 질을 높이기 위해 밤 9시 이후에는 되도록 휴대전화 사용을 차단한다. 9시 이후에 휴대전화가 잠자기(sleep) 모드로 전환되도록 설정하면 밤 8시 30분에 모드 전환을 알리는 알람이 뜬다. 그러면 자연스럽게 곧 자야 할 준비에 들어가야 한다는 것을 인지해 하루를 평안하게 마무리 할 수 있다.

나를 단단하게 만들어준 순간들에 관하여

때로는 간절함조차 아플 때가 있었다

초판 1쇄 인쇄 2024년 2월 27일
초판 1쇄 발행 2024년 3월 7일

지은이 강지영
펴낸이 이경희

펴낸곳 빅피시
출판등록 2021년 4월 5일 제2021-000115호
주소 서울시 마포구 월드컵북로 402, KGIT 19층, 1906호

• 인쇄·제작 및 유통상의 파본 도서는 구입하신 서점에서 바꿔드립니다.
• 이 책의 전부 또는 일부 내용을 재사용하려면
• 반드시 사전에 저작권자와 빅피시의 서면 동의를 받아야 합니다.
• 빅피시는 여러분의 소중한 원고를 기다립니다. bigfish@thebigfish.kr